年の差旦那様と極秘授かり婚

～イケオジ社長は幼妻と愛娘を過保護に溺愛中～

m a r m a l a d e b u n k o

斉河　燈

マーマレード文庫

目次

年の差旦那様と極秘授かり婚
~イケオジ社長は幼妻と愛娘を過保護に溺愛中~

プロローグ……6
1、出会いと砂場とソフトクリーム……16
2、恋のきっかけと、例の『事件』……46
3、休日の過ごし方……69
4、若き母の悩み……96
5、動物園とにこにこネコちゃんハッピーバースデー……118
6、新番組とぎゃふんと久々の逢瀬……146
7、パンと夜間病院と急転直下……171

8、あの晩のことと、この先のこと……195
9、本物の強がりと離婚届と……210
10、無敵の称号……230
11、はじめてのバカンス……254
12、普通の日常へ……276
エピローグ……297
あとがき……315

年の差旦那様と極秘授かり婚

～イケオジ社長は幼妻と愛娘を過保護に溺愛中～

プロローグ

一本しかないオールを無茶苦茶に操って、古びたボートをどうにか前進させている。

結婚前の七香《ななか》は、そんな感じだった。

「ののー、朝だよー。そろそろ起きないと、始まっちゃうよー！」

寝室に声を掛けながら、リビングのローテーブルに朝食を並べていく。

焼きたてのフォカッチャにミネストローネ、オレンジジュースに、キウイフルーツをのせたヨーグルト。

厚焼きのベーコンとオムレツは取り分け用で、ケチャップで花を描くのも忘れない。

最後にモカを一杯ドリップし、アーモンドミルクで割っていると、ばたん！　と廊下の先から扉を開く音がした。

とたとた、と軽くて忙《せわ》しない足音が近づいてくる。

「ままっ、まま、てれび！　てれびびびーっ」

リビングの扉を開け放して飛び込んできた三歳児は、何故だか枕を抱えていた。

「おはよ、まま！」

「おはよう。えっと、その枕は……」

尋ねる母を無視して、娘はテレビへと一直線に向かう。

「ぱぱっ、どんぶらこ！」

「桃太郎!? や、流れてきたってことね、パパが出演してる朝の情報番組が」

壁掛けテレビからリズミカルなテーマソングが流れる中、七香はさりげなく娘……野々花《ののか》の手から枕を受け取り、ソファに置く。

それから棒立ちになっている小さな体を子供用椅子に座らせ、自らの長い髪を手早くポニーテールに纏めた。

普段、食事中にテレビは禁止だ。場所もリビングではなく、ダイニングにあるテーブルのほうで食べるのだが、月、水、金の朝だけは特別。

七時から始まる情報番組に合わせ、母娘はテレビの前に並ぶ。

『はい、「モーニング朝」始まりました。では本日のコメンテーターをご紹介いたします。ど美形不動産王こと、須永《すなが》不動産代表取締役社長の須永倫太郎《りんたろう》さんです。おはようございます！』

『おはようございます。よろしくお願いいたします』

画面の真ん中で、爽やかに笑みを浮かべる男性。

くせ毛を活かしたツーブロックの髪に、二重瞼が際立つ彫りの深さ。

優しげな瞳は誠実そうな紺のスーツによく合って、若い男性にはない落ち着きには、かえって華を感じるほど。

「ぱぱ……かっこいー……」

「うん。パパ、かっこいいねぇ」

何を隠そう、お茶の間で人気の不動産王・須永倫太郎三十九歳は七香の夫だ。

縁あって五年前に結婚し、半年後には娘の野々花が生まれた。

当時、七香はまだ二十歳の大学生で、父を亡くしたばかりで……つまり紆余曲折《うよきょくせつ》あったうえでの結婚なのだが、七香の母と倫太郎の秘書以外はその事実を知らない。

友人も、親戚も、恩人も。

ふたりの間柄はもとより、子供がいることも秘密のまま。

この日常を守り抜くために、そうしようと決めて籍を入れた。

「わ、パパに見惚れてる場合じゃなかった！　スープが冷めちゃう。早く食べよう」

「ののはもうたべてる」

「ベーコン！　いつの間にまるごと齧《かじ》ってたの!?　わたしのぶんは……というか、また手づかみ……来年から幼稚園生なんだし、そろそろフォークに慣れようよ」

「ん！」

「うーん、フォカッチャは手づかみでいいわ」

娘と妻のやりとりを微笑ましく見るように、液晶の中で倫太郎が目を細めた。

妊婦の間は、すこし寂しい気持ちで観ていた笑顔だ。平らな画面の向こうに行かれてしまうと別世界の人のようで、本当にわたしでよかったのかな、とさえ思った。

けれど今は、しんみりしている暇なんてない。

「こらっ、のの、食事中は歩かないの」

「うさちゃんだっこ」

「きゃーっ。ベーコンの脂《あぶら》がぬいぐるみにっ」

落ち着いて食事も取れないが、そんな慌《あわ》ただしい日々が心から愛おしい。

『不動産とは、その名のとおり不動のものです。積み重ねてきた歴史や思い出も含め、動かすことはできません。私は、目に見えない価値こそを大切にしたいと……』

にこやかに語る夫を眺めながら、のんびり一時間。

イケメンシェフによる料理コーナーが始まるまでが、倫太郎の出番だ。

エプロン姿のアナウンサーが『今日のメニューは回鍋肉《ホイコーロー》です！』と登場したところで、野々花と七香はようやく朝食を終えた。

（回鍋肉……こってり味のあつあつキャベツと豚バラ肉……いい……）

夕食のメニューを想像しつつ、食洗機と洗濯機、ロボット掃除機を同時に稼働させ、さらに野々花の歯磨きを済ませるのも毎日のルーティンだ。

そうしてやっと七香はパジャマから、動きやすいカットソーワンピースとレギンスに着替える。野々花は花柄のワンピースに、やはりレギンスという組み合わせ。

メイクは、日焼け止めのあとに最小限。

髪はポニーテールのまま。

頑張って駆け足で支度をしても、終えたときには十時を過ぎる。

「さて、今日は公園でも行こっか、のの」

「こうえん！　おすなばする！」

「よし、じゃあお砂場セットと、汚れたときのお着替えと、水筒と、おやつと……あと、ママのおやつとママの軽食とママの空腹対策が必要ねっ」

「ままはねんじゅうたべざかり……」

「しょうがないじゃない、ののを追いかけ回してるとお腹が減るんだもん」

といっても、七香の食欲は結婚前からずっと変わらないのだが。

七香の趣味は一に食べる、二に食べる、三四も食べるで五も食べる、だ。

トートバッグを用意していたら、玄関からガチャッとドアが開く音がした。もしかして、と七香が顔を上げたときには、野々花が廊下をダッシュしていた。

「ぱぱっ、おかえり、ぱぱぁ！」

すっかりお株を奪われたなあ、と笑ってしまう。

以前、倫太郎の帰宅時に玄関へ駆けつけるのは七香の役割だった。お腹が大きいときも、赤ん坊の野々花を抱いていたときも。

しかしここ最近、野々花に勝てた試しがない。

遅れて駆けつけると、スーツ姿の倫太郎が野々花を抱き上げるところだった。

「ただいま。いつも迎えが早いな、野々花は」

放送を終え、すぐに車を走らせてきたのだろう。目尻を垂れ下げ、娘にぐりぐりと頬ずりするさまは、画面の向こうで知的に微笑んでいた人とはイメージが違う。

まさに父親の顔だ。

「おかえりなさい、倫太郎さん」

声を掛けると、さらに優しく微笑んで「ただいま、七香」と言われた。

「今日もお疲れ」

「ううん、倫太郎さんこそ……お仕事、お疲れさま」

言い慣れたはずの挨拶《あいさつ》が、くすぐったい。

結婚してもう五年も経つのに、未だに不思議だ。

彼が夫で、子供までいるなんて。

まず七香は、倫太郎との出逢いがなければ、結婚どころか当分恋愛も必要ないと思っていた。目標はとにかく、すこしでも給料のいい企業に就職すること。それから父と母を養って、奨学金を返済して……。

自分の人生を生きるのは、それからだと思っていた。

「これから公園か？」

スーツのジャケットを脱ぎながら、倫太郎は視線で七香の手もとを示す。

パウダーカラーの砂場セット。うっかり、つかんだまま出てきてしまった。

「あ、うん。近所の、いつもの公園にね。倫太郎さんは午前中いっぱい仮眠してて。二時起きで疲れてるでしょ。朝食はいつもどおり、キッチンに用意してあるから」

「……いつも悪いな。たまには代わってやれたらいいんだが」

「もー、謝るの禁止。結婚前に話したはずよ。家のことは遠慮せず任せてって。わたし、めいっぱい食べられさえすればとことん元気だし、並の鍛《きた》え方はしてないんだから。倫太郎さんが一番、それをよくわかってるんじゃない？」

「そうだな」

ふっと笑った倫太郎は、娘を抱いたまま体を屈《かが》める。

「そういう、骨のあるところに惚れたんだ」

野々花の死角で、ちゅ、と口づけられて、七香は飛び上がるほど驚いた。

いきなりだったから、というより、つい先ほどまで大画面に映し出されていた端整な顔と、生身の温度で触れ合ったことに頭が追いつかなかった。

「今夜、野々花を寝かせたら、朝から、続きだ」

「な……っなんてことを、朝から……」

「ん？　何も言わずに寝込みを襲ったほうが盛り上がったか？」

七香は真っ赤になって、ぱくぱくと口を開閉させる。

しかし倫太郎は愉快そうに微笑むばかりで、意味ありげな流し目を残し、野々花を抱いたままリビングへと去っていった。

「野々花、公園から帰ったら午後はパパと遊ぼうな」

「うんっ。うさちゃんのきせかえ！」

「おう、うさちゃんか。よし。今日はセレブコーデ対決でもするか」

「せれぶぶぶぅ」

聞こえてくる楽しげな声は、直前に妻を色っぽく誘ったことなど嘘のよう。

コメンテーターとしての麗しい顔、社長としての頼もしい顔、そして父親としての穏やかで優しい顔。そのどれでもない顔を、倫太郎は七香だけに見せる。

(……もう、ふいうちが過ぎるわ……)

頬を押さえて、熱っぽい息を吐いた。

倫太郎と結婚してからの日々は夢のようで、やはり現実味がない。だがこれからも、いつまでもずっと、こんな幸福な毎日が続けばいいと思う。

「じゃあ倫太郎さん、行ってきます。お昼には戻るね。夕飯は回鍋肉なんてどうかなぁ。わたしとしてはカレーも食べたいんだけど、両方一緒だとこってりしすぎ?」

「俺が何か用意しておいてやろうか?」

「うーん、今日は悩ませて。悩むのが楽しいの。食べることはわたしの一番の娯楽なんだから。ねっ」

「……わかった。くれぐれも無理はするなよ。野々花、ちゃんとママと手を繋げよ」

「はぁい。まま、まいごにならないよーに、ののにつかまるんだよっ」

「あ、はい……」

トートバッグを肩から下げ、キャップを深々と被り、七香は玄関の外を確かめる。

マンションのセキュリティは万全だし、同階に住んでいるのは七香の母だけだが、念のためだ。万が一にでも、七香と野々花が倫太郎の部屋から出るところを、他人に見られるわけにはいかない。

(人の姿、なし。足音も聞こえない。よし!)

野々花を抱えてさっと廊下に出、早足でエレベーターホールへ。

自宅の出入りは毎回こんなふうで、まったく気が抜けない道程なのだが、野々花がここで騒いだことはない。七香と同様、まるでどの部屋から出てきたのかわからないように振る舞う。

幼いながらも、察するものがあるのだろう。

公園まで、小さな手を何度もきゅっと握り直した。何があっても、絶対に離すまいと決めている。この子と、夫の優しい手だけは、絶対に。

1、出会いと砂場とソフトクリーム

須永倫太郎の半生は、半分がイージーモード、残りの半分がハードモードだった。

母譲りの整った顔立ち、長身、そして堂々たる振る舞いから、特技は人の視線を集めること。加えて頭の回転が速く、運動神経も悪くないとくれば、学校生活は楽勝だ。

そのうえ、どこへ行っても日本を代表する須永不動産の御曹司としてちやほやされた。もちろん、欲しいものも大概、手に入った。

当時は嫌味なやつだったと、倫太郎は今になって思う。

父の会社さえ傾かなければ、まだチートな人生を歩んでいたのかもしれないと思うとゾッとする。

しかし、そう、須永不動産が倒産の危機に見舞われたのは、倫太郎が十九の頃。

家計が逼迫《ひっぱく》すると母はあっさり出て行き、倫太郎は大学中退を余儀なくされた。

間もなく父が自死し、あとは考えている余裕もなかった。

頼れるところはすべて頼り、自分のルックスを売り物に休みなく働き続けて。

安らげる場所がないと気付いたのは、七香に出逢ってからだった。

（さて、七香たちが帰宅するまでにテレビ会議を一本と、仮眠……間に合うか？）

玄関でふたりを見送ると、倫太郎はキッチンへ向かおうとする。

七香が用意してくれたという朝食を、まずいただこうと思った。

生放送のあと、楽屋に置かれている弁当に手をつけず直帰するのはこのためだ。七香は自他共に認める食いしんぼうで、料理が抜群にうまい。

すると廊下の中ほどで、小さなおもちゃのブロックを発見。これ踏んだら痛いんだよな、と呟きながら拾い、リビングの奥の子供部屋へと持っていく。

と、子供用テーブルの上に落書き帳を見つけた。

でかでかと、顔のようなものがクレヨンで描かれている。

細い首のようなものは、柄からしてネクタイだろう。マイクのようなものもそこに見え、そこでやっと、テレビに映る倫太郎だとわかった。

あの小さな手で懸命に描く姿を想像すると、頬が緩むのを止められない。

子育てをするまで、知らなかった。

自分の中にこれほど穏やかで、滲《にじ》み出るような無限のいつくしみがあること。

与えても与えても、まだ足りない。

とくに、こんなふうにふいにプレゼントをもらったような気分のときは、どうして己の身はひとつしかないのだろう、ともどかしく考えてしまうほど。

「ふう」

幸福で胸と腹を満たすと、すぐに倫太郎は書斎に入った。

これからは本業の時間だ。すなわち、須永不動産取締役社長としての仕事。

デスクに向かい、ノートパソコンを開く。ビデオ通話のソフトを立ち上げると、予定時刻十分前にもかかわらず、秘書の白井《しらい》が待ち構えていた。

『お疲れさまです、社長』

刈り上げた短髪に、緩みのないネクタイ。

十歳年上の白井は、もともと父の秘書だった男だ。

倫太郎と同程度の長身ながら、倫太郎よりずっと細身で、メガネを指先で持ち上げる仕草含め、神経質さが外見に滲み出ている。

『仮眠はこれからですか』

「ああ。手短に頼む」

『かしこまりました。では目立った取引の報告から――』

機械的なほど流暢《りゅうちょう》に述べる声を聞きながら、倫太郎はキーボードを操作した。

ひとつひとつの取引や、戦略、企画、先方とのやりとりなどは社員の仕事だが、それらを統括し、必要なときにリバランスの決断を下すのは倫太郎の役割だ。

父の時代、部下たちにすべてを投げていた結果、舵取りがきかなくなった。

その反省を活かし、倫太郎はいかなるときも社員と展望を共にすると決めている。

（いっそ、メディアから撤退できれば楽になるんだけどな）

倒産の危機から脱し、すでに軌道に乗った須永不動産に、もはや宣伝は必要ない。

倫太郎は社長業に専念したいと思っているのだが、そう簡単にはいかなかった。

須永不動産が倒産しかけたとき、最初に手を差し伸べてくれたのは、とある芸能事務所だった。代表兼プロデューサーが父の古い友人で、彼が株を大量に引き受けてくれたことで、ひとまず経営は持ち直したのだ。

しかし彼に打算がなかったわけじゃない。

眉目秀麗、カリスマ的な存在感を持つ倫太郎に、どうやら以前から目をつけていたらしい。若社長として昼の情報番組に出て欲しいとオファーされた。

宣伝にもなるからと、快く引き受けたのが始まりだった。

倫太郎は爆発的な人気を得、おかげで須永不動産は軌道に乗った。が、この頃では、倫太郎が番組の視聴率を支えていると言っても過言ではないほど。

ゆえに、プロデューサーが手放してくれなくなったというわけだ。

『……以上です』

画面の向こうで秘書が手帳を閉じる。

倫太郎は作業の手を止め、よくわかった、と頷《うなず》いた。

「朝早くから、手間をかけたな」

『いえ、仕事ですから。社長は明日、オフでしたね』

「ああ。明後日にはオフィスに顔を出そう。今日は白井も、もう寝てくれ。週に三回、四時にスタジオ入りする俺に着いて回るのもしんどいだろう」

『いいえ。そのようなお気遣いは不要です』

機械的に言った白井は、画面の向こうで身じろぎもせずに続ける。

『そんなことより、そろそろお気は済みましたか』

やはりきたか、と倫太郎は思う。

『極秘で入籍なさって、すでに四年です。お子さまをお産みになった七香さんへの義理は、充分果たされたようにお見受けします。お嬢さまももうすぐ三歳、このまま人目を忍んで生活なさるのは窮屈でしょう』

「……また、その話か」

『ええ、また、です。一度申し上げただけでおわかりいただけるのであれば、私も何度もお話しせずに済むのですが。以前の社長は割り切っておられたはずです。跡継ぎをもうけるだけなら、愛情は必要ない。いっそ未婚のままでいいとすら、おっしゃっていたではありませんか』

「十代の頃の発言を蒸し返して、言質《げんち》を取ったように言われても困るんだが」

そうだ。白井だけはこの世でただひとり、家族以外で倫太郎の結婚および野々花の存在を知っている人間だ。そして、入籍前から大反対したままの頑固な男でもある。

はあ、と倫太郎は肩で息を吐いた。

「忠告、ありがたく思う。だが、何度言われても俺の考えは変わらない。七香も野々花も、俺の大事な家族だ。離縁も、別居もしない」

『ですが、大切に思えばこそ、例の事件を教訓に――』

「仕事の話が終わったなら、もう切るぞ」

言うなりノートパソコンの蓋を閉め、続く白井の言葉を遮《さえぎ》る。

(わかっている。俺が側にいるだけで、七香と野々花は危険に晒《さら》されている……)

忘れもしない。あれは、倫太郎と七香が付き合い始めて二か月後の出来事だ。

――『倫太郎社長、今回の事件をどうお考えですか!?』

マスコミがマンション前にこぞって押しかけた。

倫太郎と共演していたグラビアアイドルが、救急搬送されたためだ。

倫太郎のファンから殺害予告を受け、心身に不調をきたした末の出来事だった。

彼女がSNS上で、いわゆる『匂わせ』をしていたことも火に油を注《そそ》いだようで、倫太郎は懸命に関係を否定したが、鎮火しきれなかった。

すぐさま、倫太郎はメディアからの引退を考えた。

今回の責任を取って辞めます、というわけだ。が、許されなかった。

倫太郎を引き留めたのは、ほかならぬかつての恩人だった。

『せっかく持ち直した須永不動産、またダメにしたくないでしょ』

言葉は柔らかいが、脅しの意味で言っているのは笑っていない目もとからも明らかだった。

PD《プロデューサー》はメディアという武器を持っていて、逆らえば何をしでかすかわからない。スキャンダルをでっち上げて、須永不動産を潰しにかかる可能性もゼロじゃない。世論の恐ろしさを実感したばかりの倫太郎には、社員や関係先、株主たちにまで影響が及ぶと思うと、どうしてもPDを切ることはできなかった。

そして、メディアから撤退できない以上、七香と共に生きるには秘密が必須。

そうだ。

七香との結婚、及び野々花の存在を公にしないのは、ふたりを守るため。かけがえのない家族の安全を、過激なファンからもPDからも脅《おびや》かされないためだ。

（俺だって、いつまでもこのままでいいとは思っていない。とはいえ、手放すべき家庭じゃない。いずれ、七香と野々花の安全を確保したうえで、プロデューサーともメディアとも縁を切ってみせる）

勇む気持ちを押しとどめるように、ワークデスクに祈る格好で肘をつく。

と、ポンと右から電子音が鳴った。

見れば、デスクの上のスマートフォンがメッセージを受信している。

『ご、倫太郎めん！　野々花、砂場で頭までどろどろになっちゃったから、お風呂をわかわかしくしておいてもらえないかな。もう休んでたら気にしないでな！』

誤字だらけの文面に、ふはっと噴き出した。

焦りすぎだ。めちゃくちゃじゃないか。若々しいお風呂ってなんだよ。語尾も男前すぎるだろ。というか、何をしたら頭まで泥だらけにできるんだ。

そこに続けて、動画が送られてきた。

砂場で遊んでいた野々花が、水道へと駆けていく。側のベンチにあった白っぽいものを掴み、水を汲《く》もうとし――それがトートバッグだと遅れてわかったのだろう。

『ぎゃっ』と七香が叫び、スマートフォンを取り落としそうになる場面だ。

「……く、くくくく!」

耐えきれず、倫太郎は突っ伏して震えた。焦りがまるまる現れた画面のブレまで愛おしくて、三度ほど繰り返し観て、ついには声を出して笑ってしまう。

(ここ数年が、今までの人生のうちで一番よく笑ってるな)

七香には感謝している。

休む暇もなかったあの頃、平然とした態度でも驕《おご》っていると思われがちで、常に神経を張り詰めて、周囲に気を配って生活していた。

恩ある方々には頭を下げ、気を遣っていることさえ悟られてはならないと息を詰めて、己が疲弊しているとも気づけずに……。

七香に出逢わなければ、安らげる場所が必要だなどと思いもしなかったはずだ。

倫太郎はようやくすこし肩の力を抜き、それから白井にビデオ電話を掛け直した。

「さっきは、ムキになって悪かった。白井にはいつも、本当は感謝している。言い忘れたが、今日もお疲れ。わかりやすい報告、ありがとうな」

画面の向こうで、白井は呆れたようにため息をつく。

『……なんで、あなたはそう……』

「おかしいか?」

『いえ。社長らしいですよ、まったく。ええ、らしさが過ぎて腹が立ちます。あなたがそんなふうだから、わたしは嫌味を言うくらいしかできなくなるんです!』

苦々しげな口ぶりにすこし笑って、倫太郎はしみじみ、今、手の中にある幸せを噛み締めた。

＊＊＊

遡《さかのぼ》ること五年——。

築五十年のボロアパートの一室、2DKの狭い空間に穂積《ほづみ》七香は暮らしていた。

父、母、そして七香の三人で。

「お母さーん」

靴底の減った運動靴を履《は》きながら、七香は奥の部屋に声を掛ける。

「今日は講義の前に駅前でティッシュ配り、講義のあとにドーナツ屋、夜は工事現場でバイトだから。何かあったらバイト先に連絡しといてねっ」

「わかったわ。無理はしないでね、七香。お父さんの手術のことなら……」

見送りに出てきた母の言葉を「もー」と反射的に遮る。

「大丈夫だってば。せっかく丈夫に産んでもらったんだし、ちょいちょいっと稼いできちゃうから、待っててよね。あ、お父さん、ちゃんと寝てなきゃダメだよ！」

「ああ……すまんな、七香」

「謝るくらいなら横になること。じゃっ、行ってきまーす！」

伸ばしっぱなしの髪をお団子に纏め、錆びたママチャリで走り出す。

きちっとすれば美人なのにと、ほうぼうで残念がられる七香に洒落《しゃれ》っ気はない。ノーメイクにデニムパンツと安売りのパーカー。バッグは格安店のセールを待って底値で購入したもので、アクセサリーはつけるどころか所有してもいない。

高校時代から、バイトの掛け持ちは当然。寝ずにテスト勉強をしたために、登校中に歩きながら寝そうになった経験は一度や二度じゃない。

というのも父は体が弱く、母は看病のために五年前、正規の職を離れねばならなかった。それから、穂積家の家計は今や七香なしでは成り立たない。

奨学金を受け取りながら大学に進学し、勉学とバイトに明け暮れる日々。

いつか、一流企業に就職して高給取りになる。

そして両親に人並みの暮らしをさせる、という夢が七香を支えていた。

「七香っ、割のいいバイトに興味なぁい？」

友人からそう持ちかけられたのは、外国語の講義の前だ。

怪しい。真っ先にそう思った。

「興味はあるけど、臓器の売買とか吉原《よしわら》で姐さんにいびられるとかは、ちょっと」

「何時代よ。別に危険な仕事じゃないわよ。お酒を飲みながら、お喋りするだけ」

「いや、でもわたし、処女ですし。肉付きも貧相ですし」

「露出もお触りもなし！ウチの叔母さんが経営してるキャバクラでね、私も両親公認でバイトしてるくらい健全な店なの。お店の子が三人いっぺんに辞めちゃうから新しい子を探してるんだけど、体験入店で一晩二万円よ。どう？」

「やります！」

当時の七香に、二万円は魅力的だった。

なにせ、父が大きな手術を控えていたのだ。手術代もそれなりにかかるが、遠方の病院まで母が通うための交通費も必要だ。

両親には、黙っておくことにした。

真面目な友人が一緒だし、調べてみたら確かに店も健全で働くのに問題はなさそうだったのだが、それでも水商売であることに変わりはない。

父も母も、そこまでしなくていいと言うに決まっている。

（でも、なんたって二万円！）

工事現場のバイトだと偽って、翌日の夕方、友人と待ち合わせた。

「クラブ・ダイヤモンドにようこそ。七香ちゃんよね。姪っ子からよく話を聞いてるわ。苦学生なんですって？　バイトを五つも六つも掛け持ちしてるとか」

「あ、はい。掛け持ちと言っても、いくつかは日雇いの派遣バイトですけど。ママさん、美人ですねっ。今日はどうぞよろしくお願いします！」

「ふふ、元気いっぱいでいいわね。早速だけど、源氏名は『ナナ』でどうかしら？」

「はいっ、『ナナ』喜んでぇ！」

「あ、あー、ちょっと待って。まず、居酒屋のノリは封印しましょうか。ちょっと誰か来てー。この子の外見整えて、研修してくれるー？」

桃色のドレスに、大振りのアクセサリー、高いヒールの靴。

メイクとヘアを整えてもらうと、鏡の中の七香はまるでスーパーモデルだった。

アジアらしいクールな三白眼に、細い顎、長い手足にきめ細やかな肌。

コテコテに着飾っているにもかかわらず少しも嫌味にならないのは、健康的で溌剌《はつらつ》とした雰囲気ゆえだ。

まさしくシンデレラの様相に、友人も「すご」と目を丸くしたほど。

「素材がいいとは思ってたけど、ここまでとはね。胸の貧相さをカバーして、余りあるわ。いわゆるK―POPアイドル的な？　きっと指名客がつくわね」

「胸もとについては、ノーコメントにしてくれるとありがたいんだけど……」

その後、軽く接客の説明を受け、初めてテーブルについた。

相手はママの知り合いの上客で、芸能プロダクション代表かつプロデューサーという肩書きの、体格のいい中年男性だった。

「へい、らっしゃいっ……じゃなかった、こんばんは！　新人のナナです。よろしくお願いしますっ」

「へー、ナナちゃんね。発声がいいけど、将来はアナウンサーでも目指してるの？　オジサンがテレビ局紹介してあげよっか」

「ありがとうございますー。うれしいです。でもせっかくなら、一銭でも多く稼げるお仕事だとありがたいです。工事現場でバイトをしているので、力仕事、夜勤にも自信があります。社会保険完備、有給消化率高め、サービス残業なしでボーナスは年二回が理想です！」

「はは、工事現場？　面白いなあ、きみ。まあ飲もうよ」

「えっ、いただいていいんですか!? お、おつまみも!? ＰＤ、太っ腹……！」

「いやあ、お酒を勧めてこんなに喜ばれたの、おじさん初めてだなあ」

続けて数人の客をヘルプで応対したが、反応は上々だった。

それまで数多《あまた》のバイトを経験し、年齢問わずコミュニケーションを取ってきたことが活きたのだろう。

そのうえ、七香はほかの嬢たちからもすこぶる可愛がられた。

バックヤードでの力仕事は進んでこなし、疲れた顔もほとんど見せず、お茶菓子をひとつもらったくらいで目を輝かせて喜ぶところが、先輩心をくすぐったようだ。

「お願いっ。このまま正式に入店して、七香ちゃん！」

ママに頭を下げられたのは、閉店後だ。

こっそり提示された高めの時給を、無下にする手はなかった。コンビニの夜間バイトと派遣をやめて、工事現場と『ダイヤモンド』に絞れば、今までより楽に稼げる。

「こちらこそよろしくお願いします！」

両親には内緒にしたまま、七香はキャバクラのバイトを続けることにした。

一度、工事現場から帰ったのに何故お酒臭いのかと母から尋ねられ、焦ったが、現場のおじさんたちが仕事上がりに一杯勧めてくると話したら、それ以降、突っ込まれなくなった。母だって、日々仕事に看病にと忙しかったのだ。

こうして、一か月ほど経った頃だろうか。

呼ばれたテーブルに行くと、体験入店の日に接客をした中年男性がいた。

「おー、ナナちゃん！　きみのこと気に入っちゃって、指名しちゃったよ」

「わーい、ありがとうございます！　ＰＤ、またお会いできてうれしいです！」

「今日も迫力のアジアンビューティだねえ。本当にスカウトしたいくらいだよ。あ、そうそう、今夜はビッグなゲストを連れてきたんだ。こちら、ほら、朝の番組でお馴染みの……名前、言わなくてもわかるでしょ」

いたずらっぽく目配せされて、七香は内心、白目になる。

誰だろう。テレビなんて観ないから、まったくわからない。

彫りが深めで、穏やかな瞳にすっと伸びた顎。ツーブロックのやや癖毛に、座っていても目立つ脚の長さ……。朝の番組というからには表に出る仕事をしているのだろうが、俳優？　アナウンサー？　タレントだろうか。

(芸人には見えないけど、案外と持ちネタがあったり……？)

太郎でも二郎でも三郎でも、ひとまず当てずっぽうで名前を言ってみようか。と、口を開きかけたところに、友人が駆けてきて「社長ですよね!?」と声を高くした。

「須永不動産の三代目の……倫太郎社長！　ね、ナナちゃんも知ってるよね⁉」

「あ、う、うんっ、あの——かの有名な、足柄山《あしがらやま》の！」

「それは金太郎だ」

呆れ顔で、ボソッと言われた。

短いけれど、初めて交わした会話だった。

恋になるとは、これっぽっちも想像できない出逢いだった。


初めて倫太郎を接客したときの、七香の感想は（疲れるだろうなあ）だった。

倫太郎は嬢たちへの気遣いも、年上のPDへの腰の低さも完璧で、有名人らしいのに偉ぶる様子はない。

それどころかママや嬢から悩みを引き出し、人生相談コーナーまでやってのけたほどだ。接待で連れてこられた店で、店員を接待してどうするのだろう。

ずっとこの調子なら、疲れに疲れてそのうち倒れてしまう。

「はあ、倫太郎社長、素敵だったわねえ」

閉店後、ママはうっとりとため息をついていた。

「三十四歳、独身ですってよ。離婚歴もないらしいけど、あんなに見目麗しくて頼れる人なら、隠し子のひとりやふたり、いても全然オッケーよねえ」

倫太郎の名刺を戦利品のようにひらひらさせて眺めている。名刺入れにしまうには、まだ惜しいとでも言いたげだ。

気にならないのかなあ、と七香は密かに思う。

（素敵というより、なんか心配になっちゃったけどな）

気を遣いすぎるほど遣っているのに、それを周囲に悟らせないスマートさが、なにより危うい感じがした。

たとえば、たわみのない電線のような。

誰も、そう思わなかったのだろうか。

しかしテーブルについた嬢は皆、ママ同様、倫太郎の余韻を噛み締める。

「超弩級《ちょうどきゅう》の美形社長で、不動産王なのにあんなに親切なんて、マジ付き合いたい」

「ほんと。倫太郎社長と結婚できる女って、この世にいる？」

「いないいない。だって完璧の上を行く完璧な男なのよ」

「また来てくれるといいわねえ、倫太郎社長」

閉店後にぽつりと呟かれたママの願いは、三日後に叶うことになる。

その日、倫太郎がやってきたのは開店と同時だ。

ママも、先輩嬢たちもそわそわして倫太郎のテーブルにつきたがったが「ナナとふたりにしてほしい」と倫太郎は言った。

PDのことで話があるから、と。

どうやら普通の指名ではないと周囲も察知したらしく、ブーイングが起きなかったのが幸いだった。

「それで、お話ってなんですか？　PDのサプライズ誕生日会を計画したいとかですか？　特別料金で承りますよ」

「いや。とりあえず、飲もうか」

すかさず酒を勧める倫太郎は、やはり気遣いの人だ。七香は水割りを二杯作り、いただきます、とグラスを上げた。倫太郎はグラスに口をつけ、律儀にうまいと言ってから七香を見た。

「実は、PDから、きみを雇ってはどうかと勧められている」

「雇うって……」

「受付嬢にでもしたらいいと言われた」

「えっ。もしかして、須永不動産にですか!?　や、ちょっと待ってください。わたし、別にPDに就職斡旋《あっせん》をお願いしたとかでは」

慌てて弁解しながら、もしやと思う。

どうせなら稼げる仕事がいい、というあの発言。PDは気を回して倫太郎に声を掛けたのではないか。

「す、すみません、若干心当たりが……。でも、須永不動産が目当てだったわけじゃないんです。厄介ごとに巻き込んでしまって申し訳ありません！」

「いや、気にしなくていい。わかってる。PDは唐突な人なんだよ。いや、今のは忘れてくれ。彼は……なんというか、常人が思いつかないようなアイデアを思いつく人でね。そんなPDだからこそ、俺も取り立てられたという経緯があるわけだが」

言いにくそうにする倫太郎を見て、ピンときた。

「倫太郎社長、もしかしてPDに頭が上がらなかったりします？　できればお断りしたいけど、しにくいとか。それで、わたしに相談をしに来た……と」

倫太郎の目が、意外だとでも言いたげに丸くなる。

「ご明察。金太郎発言のナナにしては、鋭いところをつくじゃないか」

聞けば、PDは七香を心底気に入っているらしい。

安定した職を望むなら、叶えてあげようオジサンが、とでも思ったのだろう。

で、安定といえば時代の寵児・須永倫太郎を思いついた。オジサンだって須永不動産の経営改善に一役買ったわけだし、頼むよ倫太郎ちゃん、と、要するにそういう流れのようだった。

「倫太郎社長、いつもそんな扱いなんですか」

「まあ、そんなところだ。だがPDには恩がある。当社の倒産危機に、手を差し伸べてもらったんだ。恩返ししたいとは思っている。個人的に、できる範囲で、だが」

「そうだったんですね」

どうやら倫太郎社長は思慮深い性格ゆえ、PDの要求にも応えたいが、社内の人間にも迷惑を掛けたくなく、かつ七香の希望にも耳を傾けるべきだと考えて、わざわざ店までやってきたようだった。

道理で前回、疲れて見えたはずだ。

倫太郎は七香の想像に輪をかけて、気遣いをする人間らしい。

「もう一杯、何か飲みますか？　それともピザでも取ります？　天丼でもいいですよ。がつんと飲み食いしましょ。わたし、奢っちゃいます！」

「……は？」

「や、だって倫太郎社長、そのままじゃ倒れちゃいます。美味しいものをしっかり食べて、飲んで、ストレス発散しなきゃダメですよ」

ぽかんとしている倫太郎に、七香は「はい」と新しいおしぼりを差し出す。

「PDには、わたしのほうからお断りしておきます。須永不動産じゃ労働時間が長過ぎていやだ、とでも言っておきますから」

悪しき前例は、作らないほうがいいだろう。

ここで七香が須永不動産に就職したとして、PDはまた同様の要求をしてくるはずだ。

「倫太郎社長はひとまず面倒なことをぜーんぶ忘れて、一時間でも二時間でも寛いでってください。飲み代はかさみますけど、メンタルヘルスには代えられないってね」

「きみ……」

倫太郎はおしぼりを受け取りつつ、鳩が豆鉄砲を食らった顔でいる。

「俺に遠慮してどうする。きみの希望はどうなんだ。安定した職が欲しかったんじゃないのか。苦学生だと聞いたぞ。受付が不満なら、事務はどうだ？」

「倫太郎社長こそ、わたしに気を遣ってどうするんですか。断りたくて来たんでしょ」

正直に言えば、惜しい。

喉から手が出るほど、安定した職が欲しい。須永不動産は高給取りの代表格だし、今、内定がもらえれば就活に割くべき時間もアルバイトにあてられる。父も母も安心するはずだ。

しかし、ここで倫太郎に甘えるのは、あまりに申し訳ない気がした。

「わたし、嫌なんですよ。コネ入社で人間関係ぎくしゃくして、大したボーナスももらえないうちに退職に追い込まれるの。ああ、どうしよう。きっと、倫太郎社長の愛人だと思われる。嫉妬でロッカーの中の着替えがズタズタにされたりするんだ。靴に画鋲《がびょう》とか。画鋲が刺さったくらいの怪我は気にならないけど、ストッキングが破れたら痛い。かえってコスパ悪い……！」

震える七香を見て、倫太郎はふはっと噴き出す。

そしてまだひと気のない店内に、響き渡るような大笑いを披露した。

「く、くくく、あははは！　遠慮するにしたって、ほかに言い方があるだろ」

深みのある美貌が、くしゃくしゃに緩んでいる。

気遣いの人というフィルターを崩し、今、須永倫太郎という人の素が初めてさらけ出されている気がして、七香はどきっとした。

「わ、わたしはこれが通常運転なんです！」

「へえ、案外……いや、案外は余計か。可愛いところもあるんだな」

息をするように、自然とそんなことを言わないで欲しかった。

跳ねた心臓がもとに戻る暇もなく、ばくばくと暴れ出す。

「就職の件は、来週まで考えてくれていい」

「考えるまでもないですよ。もっと給料のいい職場、目指して就活します」

「本当にそれでいいのか？」

「女に二言はないです！」

その晩、倫太郎はウィスキーのボトルを一本とピンクのドンペリを二本入れ、また来る、と言い残して店から去って行った。

奢ると言った一杯は、奢らせてもらえなかった。

そしてPDにも、七香が断りを入れるまでもなかった。倫太郎が、先に「断られた」と話してくれたようなのだ。何日かあとになって店で「なんで就職断っちゃったの」と面と向かって惜しそうに言われたが、同席していた倫太郎が庇《かば》ってくれた。

「すみません、俺の力不足で。でも彼女なら、実力で大手に採用されますよ」

以来、倫太郎はちょくちょく『ダイヤモンド』に顔を出すようになった。

そして倫太郎が指名するのは、毎回、七香ひとりだった。

期待してはいけない、と何度自分に言い聞かせただろう。倫太郎が好んで七香を指名しているなどと、自惚れるのは身のほど知らずだ。

彼は別世界の人で、ここへは羽を伸ばしに来ているに過ぎない。そしてＰＤから、ナナちゃんを頼むよ、とでも言われているに違いないのだ。

それでも七香は、はやる鼓動を止められなかった。

そして現在。

公園から戻った七香は、野々花の手を引き玄関扉をそうっと開く。

「ただいま帰りましたー……」

室内はしんとしている。返事もない。恐らく倫太郎は寝ているのだ。

野々花に「パパが寝てるから静かにね」と言い聞かせてから室内に入ると、脱衣所からひょこっと渋めの顔が覗《のぞ》く。

「おかえり、七香、野々花」

倫太郎だ。

ぱあっと、野々花の顔が明るくなった。

「ぱぱ！　いきてたぁ！」

「ん？　俺、死んでると思われてたのか？」

「や、のの、起きてた、でしょ。その言い間違えはアウトよ。……倫太郎さん、もしかしてお風呂にも入らずに待っててくれたの？」

「いや、仕事を片付けたらこの時間になっただけだ。ああそうだ、七香、今日の朝食もうまかった。いつも用意しておいてくれて、ありがとうな」

野々花を撫でるよりもっと気軽に、ぽんと頭を撫でられて胸がきゅっとする。

「……ううん。倫太郎さんこそ、いつも完食してくれてうれしい」

そんなに気を遣わなくてもいいのに、と思う反面、認めてもらえるのは嬉しい。

「野々花、おいで。パパとお風呂に入ろう」

「わぁい、おふろっ、おっふろろろっ」

喜び勇んで、野々花は玄関から衣服を脱ぎ始める。

そうして右に左に転げそうになりながらバスルームへ向かう背中を、七香は点々と脱ぎ散らかされた服を拾いながら追いかけた。

泥だらけのワンピース、レギンス、パンツ……このまま洗濯機に入れたら、ほかの衣類までじゃりじゃりになりそうだ。簡単に手洗いしなければ……トートバッグも。

（いやー、ののが生まれてから、洗濯物増量キャンペーンが終わらないわ）

濡れた財布を片手にリビングへ行こうとすると、浴室から「懐かしいよなあ」としみじみした声が反響して漏れ聞こえてきた。

「何が懐かしいの？」

ドア越しに尋ねる。

野々花がなにやら歌いながら、洗面器を叩く音がする。太鼓にしているらしい。

「初めて七香をウチに連れて来たときのこと。七香も泥だらけだっただろ」

そうだっただろうか。

七香は頬に片手をあて、しばし考える。

倫太郎が住んでいたこのマンションに、最初にやってきたのは五年前。ＰＤの一件が片付いてから、数か月後のことだ。

そうだ、たしかに、泥だらけだった。

「びっくりしたな。真っ昼間に、倫太郎さんが工事現場に現れたときは。だってその日の夜、お店で会う予定になってたでしょ？」

「きみが無理をするからだ。前日から具合が悪そうだったのに、工事現場でバイトをしようとするとか……案の定、倒れたじゃないか」

初めてこの部屋を訪れた七香は、高熱で、ぐったりしていた。

動くうちに治るだろうと、タカを括《くく》ってアルバイトを休まなかった。病院にも行かず、薬も飲まず。大学で講義を受けている間は大丈夫だったのだが、午後、工事現場のアルバイト中に意識が朦朧《もうろう》としてきて、倒れてしまった。

そこに居合わせたのが、倫太郎だった。

抱き起こされ、運ばれたことを、七香はぼんやりと覚えている。

「看病してくれたよね、三日三晩。スケジュール、キャンセルしてまで」

あとから聞いた話だが、倫太郎はその間、工事現場と『ダイヤモンド』にも欠勤の連絡を入れてくれていたそうだ。

七香の両親にも電話をして事情を説明しようとしてくれたらしいのだが、たまたまその週は父が入院していて、母も父の病院につきっきりだった。

おかげで、キャバクラでのバイトに関しても、男の部屋に泊まったことも、両親には知られずに済んだのだが。

「あのときは迷惑を掛けちゃって、ごめんなさい」

「もう何回めの謝罪だ？」

とぼけた声にはやはり、気遣いが滲んでいる。

「……気を遣いすぎよ、倫太郎さんは」

恋に落ちたのは、七香が先だったのか、倫太郎が先だったのか。

はっきり倫太郎に聞いたことはないが、七香は自分が先だと思っている。

住む世界が違うとか、十四も歳上だとか、わかってはいたけれど……。

『いいか。次に倒れるときも俺が駆けつけるから、そのつもりでいろよ』

病み上がりに、そう言われてくらっとした。

それまで、滅多《めった》に風邪など罹《かか》ったことがなかった。父の体や母の精神状態を心配してばかりで、自分が心配される立場になったことはなかった。

駆けつけるだなんて、こんなに嬉しい言葉はなかった。

「ままぁ、ままもはいろーっ」

半透明の扉の向こうから高い声で呼ばれて、我に返る。

「お誘いありがとう、ののの。でもママとは夜、一緒に入ろ」

「なんでーぇ」

「ママはまだ汚れてないから大丈夫なんだ。ののはちゃんと全身、きれいにしてね」

「もうきれいだよーぅ」

「ほんとにぃ?」

バスルームのドアを細く開けて中を覗くと、もくもくと煙る湯気の中で、野々花は得意げに腰に手を当てていた。

その頭にはシャンプーの泡が渦巻き状に盛られていて……。

「せいぎのみかた、そふとくりーむまん！」

七香は目をしばたたいてしまった。ヤドカリの貝殻でも被っているみたいだ。

「えーっ、待って待って、それパパがやってくれたの!? すごい！ うまい！」

「ののぱぱは、うまぁい！」

「パパにかぶりついたみたいに言うなー、ののは」

「倫太郎さん、今度、わたしにもやって！」

「やっていいのかよ……。ほら野々花、目をつむれ。頭、流すぞ」

戯《たわむ》れるふたりを残し、七香はリビングへ行く。

風呂上がりにふたりが飲めるよう麦茶でも淹《い》れておこうと思ったら、もうテーブルの上にグラスがみっつ用意されていた。

オレンジジュースがひとつと、輪切りのレモンを浮かべたアイスティーがふたつ。

カフェで気軽にデートをしていた頃、よく頼んだメニューだ。

失礼して先にひと口いただくと、酸っぱい優しさが喉に沁みた。

2、恋のきっかけと、例の『事件』

出逢った当初、倫太郎から見た七香の印象は（ちゃんと考えてんのか？）だった。

倫太郎の名前を見事に間違えた件は、まだいい。

気を遣って知ったかぶるのも、仕事のうちだろう。しかし、足柄山の金太郎と間違えられたのは初めてで、あのときは笑えもしなかった。

接客の間中、七香のあっけらかんとした明るさは変わらず（居酒屋のノリだ）。

ＰＤの話を物珍しそうに聞き、つまみひとつに飛び上がって喜ぶ（演技か？）。

極め付きは、誰彼ともなく悩み相談が始まったときだ。

倫太郎が相談者に寄り添って話している間、七香は心配そうに倫太郎を見ていた。

相談者ではなく、倫太郎をだ。

何を考えているのか。いや、やはり何も考えていないのか。

だから――。

『ＰＤには、わたしのほうからお断りしておきます』

二度目に『ダイヤモンド』へ行き、話をしたときは驚いた。

考えていないわけじゃない。むしろ、察しはいいし頭の回転も速い。

そして何より、徹頭徹尾、己の身の回りのことは己で解決しようという肝《きも》の据わった態度に、ああ、なんて潔いのだろうと感心した。

十五も年下で、まだ学生の七香に、以来、倫太郎は一目置くようになったのだ。

「このあと、飯でも食いに行くか？」

誘ったのは、店に通い始めて二か月ほど経った頃だ。

会うたび、腹が減っている様子だった。美味いものでもたらふく食わせてやれば喜ぶだろうと思いきや、七香は表情を曇らせる。

「うれしいです。行きたいです。けど、早く帰って課題をやらないとならなくて」

「じゃあ明日はどうだ？　食事をしてから出勤。なんて言ったっけ、あれ」

「同伴ですか？　倫太郎社長、こういうお店、慣れてそうで慣れてないですよね」

「ひとこと余計だ」

しかし七香の指摘は的確だった。

倫太郎はこれまで、キャバクラ通いなどしたことがなかった。人が多いところでは必然的に気を遣うし、女性をはべらすのも正直、好きではない。

だが、ナナだけは特別だ。ＰＤから「通ってやってね」と頼まれていることを抜きにしても、ナナと話すのは楽しく、晴れ晴れした気分になる。

倫太郎は大学中退の身ゆえ、苦学生ながら卒業を目指す彼女を、間接的に助けてやっている気分になっていたのかもしれない。

「で？　明日、何か食べたいものはあるか？」

「すみません。明日もだめなんです。ここに来る前に、現場があるので」

「現場？」

「はい。大学の講義のあと、午後いっぱい工事現場のバイトを入れてるんです。今はそこの駅の高架下が現場なので、わりと移動はスムーズなんですけど」

「工事現場って……力仕事でもしてるっていうのか？　冗談だろう」

「いえ、めちゃくちゃ真剣ですけど」

真顔で言われても信じられなかった。

きらびやかに着飾った『ナナ』が、野郎に混じって汗を流しているようにはとても見えなかったからだ。苦学生とは聞いていたが、まさか、だ。

しかし七香は「ほら」と自慢げに掌を見せてくる。

「勲章なんですよね、このマメ」

およそ、学生らしくない手だった。

あちこちの皮膚が硬くなり、皮が剥けている部分もある。マメができては潰れ、潰れてはでき、を長期間繰り返さなければこうはならない。

「きみ……両親は」

「あ、それ聞いちゃいます？　重くなるからやめときましょ。うん、それがいい」

「重くなるって、そういうほどの背景があるってことだな。ならばなおさら、うちへの就職、蹴らないほうがよかったじゃないか。内定すれば、インターンもある。そうすれば多少の稼ぎも……」

「んもー、倫太郎社長、そのうち胃に穴が空いちゃいますよ」

「それはきみだ。そんなにあれこれ背負ったら、そのうち倒れるぞ」

「いえいえ、わたしは頑丈なので大丈夫です。あ、グラス追加で持ってきますねっ」

倫太郎の追及から逃れるように、七香は席を立つ。

そして途端、ふらりとよろめく。倫太郎は咄嗟《とっさ》に立ち上がって七香の二の腕を摑み、ぎょっとするほど驚いた。七香の体温が、己の掌よりずっと熱かったからだ。

「熱があるじゃないか！」

直後、両手で焦ったように口を塞がれる。

「あ、あー、やだなあ、倫太郎社長ったら、そんなに甘い言葉で口説かれたら、体が熱くなっちゃいますよー、あー、暑い暑い」

「きみ、何を言……っ、むぐぅ」

振りほどこうとしたが、七香の手はしぶとかった。伊達《だて》に工事現場で働いてはいない。そのへんのやわな男より、ずっといい腕っ節だ。

この腕で守りたいものが、彼女にはあるのだろう。そう思ったから、倫太郎はあえて抵抗の手を緩めた。

しーっ、と言ったあと、七香は小声で付け足す。

「誰にも言わないでください。このくらい、生卵でも飲んでおけば全快です」

「生卵って……まあいい。きみの考えはわかった。だが無理はよくない。せめて……」

中抜けして病院へ、と言おうと思ったのだが、みぞおちに一発食らった。

客の立場にもかかわらず（しかも相当課金しているのに）痛めつけられたのは初めてだった。あっけにとられていると、もう一発あげましょうかといわんばかりに拳をかまえられ、倫太郎は観念して両手を顔の横に挙げる。

「わ、わかった。もう何も言わない」

なんだ。なんなんだ。人が心配してやっているのに。

こめかみを引き攣らせる倫太郎に、七香はほんのり赤い顔でにっこりと微笑む。

そして倫太郎を席に戻すと「さて、もう一杯いかがですか、倫太郎社長」と鼻にかかった声で言った。

「……水割りを」

「はーい。水割りよろこんでぇ」

「ナナちゃんっ、居酒屋ノリは禁止って言ったでしょ！」

ママに叱り飛ばされ、店内がどっと笑いに包まれる。おかげでふたりの不審な動きはなかったことになり、七香は計算通りとばかりに笑っていた。

（頭の回転がいいのも、考え物だ……）

仕方なく、倫太郎は閉店まで『ナナ』を席に置き、彼女が無理をしないように見張っていた。

店が終わると、すぐに夜間病院に運び込んだ。単なる風邪ということで安心したが、念のため、コンビニで食べられそうなものを見繕い、自宅まで送った。

古びたアパートの一室は真っ暗で、同居の家族はいるようだが、姿が見えない。

どういうことかと尋ねたものの、返答は「いただきまぁす」だった。

完全に寝ぼけている。

「明日の工事現場のバイトは休めよ。わかったか？」

「はぁい。では、えんりょなく……もぐぅ……」

「おい、俺のネクタイを食べるんじゃない」

すぐに奪い返そうとしたが、七香はネクタイの先端を噛んだまま離さない。

「あのな……。まあいい。これはやるから、早く寝なさい」

ネクタイを手渡し、部屋を出ようとすると、背後でどさっと音がする。振り返れば、七香は靴も脱がずに玄関先に倒れ込んでいた。

「おいっ。ナナ、ナナっ。大丈夫か！」

「……ぐう」

「早すぎるだろう」

仕方なく、室内まで運んでやる。

畳《たた》まれた布団があったので、それを敷いて寝かせた。

車に戻ってから振り返ったものの、七香の部屋の電気は消えたまま。

あのままぐっすり眠っているのだろう。恐らく明日は、起きられまい。そう思って安心できたのは、翌日の正午までだった。

よく考えてみれば、あの性格で無理をしないはずがない。するといてもたってもいられなくなって、倫太郎はランチ会議の予定を変更して車を走らせた。

『ダイヤモンド』からほど近い駅の高架下。

黄色いヘルメットを被った七香の姿を見つけたときは、思わず舌打ちが出た。

(思ったとおりだ。まったく!)

無理矢理にでも連れ帰ろうと、近づいた瞬間だった。七香が力なく、倫太郎の腕の中に倒れ込んできたのは。

かすかに微笑んで見えたのは、気の所為だったのか。やけにほっとしたような表情が、子犬でも手懐けたような気分にさせた。

それまで倫太郎は、いつでも誰かに気を遣っていた。

社のため、番組のため、視聴者や取引先、恩人のため——打算ありきで心を砕く中、まだ己の感情だけで誰かを心配できることに、安堵したことを覚えている。

そうだ。

七香は倫太郎に気を遣いすぎだと言うが、倫太郎にとって七香に気を遣うことと、七香以外の誰かに気を遣うことは、まるで意味が違う。

ともあれこうして倫太郎は、七香を自宅マンションへと連れ帰った。

最初は七香のアパートへ送って行こうとしたのだが、今日も家族は留守だと言うので、諦めた。放っておけばまた無理をするのは目に見えていたので、看病してやろうと腹を括ったわけだ。

「腹は減ってるか？　何か食えそうなものはあるか？」

「すき焼き……キーマカレー……レアハンバーグ」

「しりとりか。もうちょっと消化によさそうなものにしろ。ああ、まずは風呂か」

泥だらけの七香が風呂に入っている間に、キッチンに立って粥を作った。

大学入学と同時にひとり暮らしを始めた倫太郎は、ひととおりの家事ができる。だから学生時代には何度か友人を招いて振る舞いもしたのだが、中退し、社長になってからは初めてだ。久々に、自宅の中に他人の気配があって、そわつく。

（やけに遅いな）

しかし、肝心の七香はなかなかリビングにやってこない。

もしや、倒れているのでは。熱があるのに風呂を勧めるべきではなかったか。心配になって脱衣所の前をうろうろしていると「お母さん？」と小声で話すのが聞こえた。

「ごめんね。着信、いま気づいたの。お父さんは？」

どうやらスマートフォンで家族と話しているらしい。

「うん。そっか。手術代のことなら気にしないで。そのための貯金なんだし。ううん、わたしはひとりで大丈夫だから、お母さんはお父さんについててあげて。お母さんこそ、倒れないようにちゃんとご飯食べてね？　必要なものは、躊躇《ちゅうちょ》せず病院で買うんだよ。うん、うん……」

倫太郎は思わず動きを止めた。

七香が家庭に複雑な事情を抱えていること、そのために昼も夜もアルバイトに明け暮れていることはなんとなく知っていたが、まさか父親が入院していたとは。

（ああ、それでなのか。昨日も今日も自宅に家族の姿がなかったのは）

どんな思いで今朝、ひとりきりの部屋で目覚めたのかと想像すると、胸が痛い。

こんなことなら、昨日も朝までついていればよかった。

そうすれば、せめて孤独は和《やわ》らげてやれた。無理をして、工事現場のバイトに向かうのも止められただろうに。悔やんでも悔やみきれない。

七香が電話を切った気配がして、倫太郎は慌ててリビングに戻ろうとする。と、スマートフォンを洗面台の横に置いた音。続けて、しゃくり上げる声がした。

――泣いている？

倫太郎は動揺した。

普段、あっけらかんと明るい彼女の態度からは、想像もつかない。嗚咽《おえつ》を必死で噛み殺す声に、胸が締め付けられる。

湿った泣き声は、普段、七香が鉄壁の笑顔で守り抜いている最も大切なものに違いなく……。

たまらなかった。

抱き締めてやりたかった。

五分後、リビングにやってきた七香はやはり強がりの微笑みを浮かべていて、切なくなった。何かできることはないかと、言いかけてやめた。あんなふうに隠れて電話をするくらいだ。踏み込まれたくないだろうと思った。

ペロリと粥を平らげると、七香は限界だったのだろう。ソファベッドで丸くなり、眠ってしまった。毛布を持ってきて、細い体をそっと包んでやる。

迷い子のような寝顔を、朝までなんとなく見守っていた。

「いいか。次に倒れるときも俺が駆けつけるから、そのつもりでいろよ」

そう言ったのは、三日後。七香を自宅に送り届けたときだ。

以降、店の外でもたびたび会うようになった。知りたいことは山ほどあったが、倫太郎はそれらをすべて秘めて、七香の側にいた。踏み込まれたくないと七香が望むなら、素知らぬ顔で側にいようと思った。

だからどうか、ほかの誰かの前で泣かないでほしい。

密かに涙を零すなら、たとえ背を向けていても一番近くにいさせてほしい。

そう願ったとき、すでに惹かれ始めていたのかもしれない。


五年前を懐かしく思いながら、倫太郎は寝間着姿で「のの」と娘を呼ぶ。

「そろそろ寝ようか？」

野々花の寝かしつけは、主に倫太郎の仕事だ。

早朝四時にスタジオに入るためには、二時に起床してもぎりぎりだ。

それで夜は野々花と共に、二十時に就寝してしまう。以降、数時間は七香の自由時間で、映画を観たり、家計簿をつけたり、おやつを作ったり……とリフレッシュのために使っているらしい。

「のの、今日は何が楽しかった？」

娘と並んでベッドに入り、部屋を暗くして天井を見上げる。

一日の出来事を振り返るのは習慣で、この時間、娘を独り占めしつつ昼間の七香との様子も知れるというわけだ。

「あめ、ふった」

「雨？　今日は一日晴れ空だっただろう」

「ばっぐがびっちょり」

「あ、ああ、あれは雨ごっこだったのか……」

なるほど。以前、雨に降られて同じようになった経験があるのかもしれない。子供の想像力は純粋で、雑念がなくて、ゆえにストレートだからかえって深くて感心する。

「ののは雨が好きなのか？」

「すき。ののの、かさほしい」

「かさ？　子供用のやつか。わかった。今度、探してこよう」

「ほんと!?」

「ああ」

途端「やったー！」と、野々花は掛布団から飛び出す。

よほど嬉しかったのだろう。ベッドの上でぴょんぴょんと飛び跳ねて、踊り始める。

「ののの、かさぁー!!」

「お、おい、ののの、騒ぐな。もう夜だぞ」

「あっめふっり、あっめふりぃ」

「踊りは明日にしよう。な、のの？」

捕まえて布団に入れようとするが、野々花は倫太郎の手をすり抜けてまだ踊ろうとする。

まずい。このテンションになっては、あと一時間は寝ない。

以前、寝る前にノリのいい歌を聴かせたときがそうだった。踊り狂う姿を見て、寝る前に興奮させるのはやめようと決めたのだ。

迂闊《うかつ》だった。

「かさっ、やった、やったぁ！」

「そろそろ寝よう。ほら、お布団は気持ちいいぞ」

「あめあめ、ふれふれっ」

「すまない……パパが悪かった。頼むから寝てくれ……」

もはや狸寝入りを決め込むしか道は残されていないように思う。パパは寝ちゃうぞ、と言おうとしたら、廊下に続くドアがいきなりがちゃりと開いた。

七香だ。

怒られると思ったのだろう。野々花が飛び上がって硬直する。

こらっ、と叱るかと思いきや、七香は腕組みをしてじっと野々花を見つめた。

「ふうん。そっかぁ。ののは、いい子で寝ないんだぁ。残念だなあ」

「ま、まま……？」

「別にね、ママはいいんだよ？　ののがどんな子でも。ちゃんと寝ないくらいで、嫌いにはならないからね。でもねえ、そうねぇ、サンタさんはなんて言うか……」

ぴゃっ、と奇妙な声を発して、野々花が布団に飛び込んでくる。

サンタという印籠《いんろう》が、ここまで子供に効果的とは。それをさりげなく使いこなしている七香も見事で、倫太郎は密かに感嘆のため息を漏らす。

一瞬視線を交わし、寝室から出て行く妻はさながら有能な教師だ。野々花が眠ったのは、それからわずか五分後のことだった。

安らかに寝息を立てる娘をベッドに残し、倫太郎は寝室をあとにする。

明日は久々のオフだ。だからこそ今朝方、七香に例の約束を取り付けた。

まずはシャンパンで乾杯でもして、雰囲気を盛り上げてからゲストルームのベッドにでも誘おうかと、考えながらリビングへ行く。

「七香？」

しかし七香はソファに横たわり、眠り込んでいた。無防備にも部屋着のパーカーとショートパンツ姿で、スマートフォンを胸に乗せたまま。

（まあ、そうか。疲れてるよな）

野々花とそっくりの毒気のない寝顔を背もたれ越しに見下ろし、ふっと息を吐く。

いかに体力と気力に溢れた七香でも、疲れないわけがない。

ただでさえ気を遣う極秘の結婚生活に加え、野々花は朝から晩までじっとしていない。そのうえ倫太郎は不規則な仕事で、ほとんど育児の戦力にならない。

「……ごめんな」

申し訳なさから小さく詫びて、茶色い前髪を撫でてやる。

七香の存在は倫太郎にとって、やっと手に入れた安息の地も同じだ。

母に出て行かれ、失意の父に先立たれ、ひとり必死で家業を盛り立ててきた。誰かの悩み相談に乗ることはあっても、己が本心をさらけ出せる場所はなかった。

だが、七香にとってはどうだろう。

――『倫太郎社長、今回の事件をどうお考えですか!?』

例のグラビアアイドル事件の直後、倫太郎は一度、七香に別れを告げている。

メディアから足を洗えないのなら、自分から遠ざけるしか七香を守る方法はないと思った。

倫太郎が公の人である以上、交際が世間に知られようものなら、七香が袋叩きに遭うのは目に見えている。なにせ七香は大学生で、倫太郎との年の差はひとまわり以上もある。叩く材料がありすぎるのだ。

守ってやりたいのはやまやまだが、難しいことはすでに思い知っている。

前回は殺害予告だったが、ネット上で炎上すれば、七香が精神的に追い込まれるのは間違いなかった。

『これ以上、付き合いを続けることはできない。すまないが、別れてほしい』

頭を下げた倫太郎に、七香は珍しく不機嫌そうな顔で『無理です』と言う。

『今回の事件が理由なら、受け入れられません。だって、倫太郎さんは何も悪くないじゃないですか。独身を売りにしているアイドルでもないんだし……』

『よく考えてくれ。次は予告では済まないかもしれない。七香の身に何かあれば、お袋さんはどうなる？　お袋さんにはもう、七香しかいないだろう』

このとき、七香の父は手術の甲斐なく、すでに帰らぬ人となっていた。

『お袋さんのためにも、自分の身を一番に考えるべきだ。わかるだろう』

『わかります。でもわたし、もう、自分だけの身ではないです』

そう言いながら腹に手をやる仕草を見て、倫太郎は息を呑んだ。

身に覚えはあった。

そもそも結婚するつもりだったのだ。避妊の必要性など感じなかった。

『できた……のか』

『はい』

喜びとやるせなさが、ないまぜになってこみ上げる。

目の前の幸せを——ずっと欲しくてたまらなかったものを、当たり前に手に入れられたらどんなにいいか。

だが自分の所為で、七香のみならず子供まで危険に晒すことはできない。

『認知させてもらえないか』

倫太郎は絞り出すように、しかし出来うる限り冷淡な声で突き放すように告げた。

『身勝手は承知の上だ。それでも、これ以上側にはいられない。今後、七香たち一家の生活は保証する。ほかに男ができてもかまわない。手切れ金も、言い値でいい。いくらでも払おう』

金銭を引き合いに出されるのが最も癪《しゃく》に障《さわ》るだろう。そう思うから、あえて言った。

頬を叩かれるくらいは覚悟のうえだったが、七香は冷静だった。

『ダメですね、倫太郎さん』

そう言って、細い指を倫太郎の唇にあてがう。

『本当に非情な人は、真っ先に堕ろせって言うんですよ。いいですか？　自己犠牲を説得の材料にするのは、逆効果です。わたし、悲劇のヒロインみたいな湿った考え、いまいちしっくりこないんです。ご存じですよね？』

そして七香はからっと笑った。

『守られるべきは倫太郎さん、あなたの幸せも、ですよ』

『……七香』

『大丈夫です』

確信めいた笑顔があまりに眩《まぶ》しく、美しかった。

『極秘結婚、上等じゃないですか。プロ彼女って言葉があるでしょ？　わたし、プロ妻を目指します。結婚しても、絶対に世間には悟らせません。この子の身の安全も、自分のことだってちゃんと守ってみせます。なにせ、頑丈にできてますからね！』

七香は諦めなかった。倫太郎が断っても、渋っても、そっけなくしても。

こうなるとテコでも動かない、頑固な性格なのだ。

本当にいいのだろうか。七香が自信たっぷりに笑うたび、心が揺れた。

手放さなくてもいいのか。側にいてもいいのか――人並みの幸せを手に入れても、許されるのか？

最後は根負けして、極秘の結婚を決めた。

同居にあたって、最初にしたのはマンションの向かいの部屋を購入することだ。

タイミングよく売りに出ていたため、そこに七香の母親を住まわせようと決めた。離れていては不安だろうし、面倒を見ると以前、約束していた。なにより同居を怪しまれたとき、隠れ蓑《みの》にもできると思った。

以来、七香が倫太郎に不満を漏らしたことはない。

だから目の前で泣かれるなど、想像もつかない話だ。

もともと、湿った雰囲気を嫌う性格であることは承知していた。

いつもどこか強がっていることも。

だが寄り添って過ごすうちに、いつかは崩せるだろうと思っていた。

無理強いすれば逃げ出すだろうから、ゆっくり、ゆっくりと。そうしたらきっと、自然と寄りかかってもらえる日が来ると、思っていたのだが。

(いつになったら、弱いところもさらけ出してくれるんだろうな)

背もたれから身を乗り出して狭い額に口づけると、七香は低く唸って伸びをした。ゆるゆると力を抜くと同時に目を開けて、ぼんやりと倫太郎の顔に焦点を結ぶ。

そして、飛び起きた。

「あ、朝っ!? いけない、朝ご飯っ……!」

覚醒するなり食事の心配をする七香が、あまりにもらしくて笑ってしまう。

「安心していい。まだ朝じゃない。夜の九時だ」

「ほんとに? ああ、よかったぁ。ご飯、炊き忘れちゃったかと思った」

胸を撫で下ろした七香は、スマートフォンを床に落とした。

それを拾うついでに、倫太郎はソファの隣に腰を下ろす。ありがとう、と言ってスマートフォンを受け取った七香は、軽く深呼吸。のちに、のんびりと笑った。

「寝かしつけ、お疲れさま」

寝起きでほわっとした雰囲気に、自然と癒される。

結婚に、出産に、子育てに料理に家事……七香にはしてもらってばかりだ。

「それにしても七香には助けられたよ。あのまま真夜中まで踊るかと震えた」

「あはは。絶好調だったね、野々花。あ、倫太郎さん、明日、オフだっけ。今からちょっと、お茶でも飲む? あ、そうだ。お取り寄せした美味しいカヌレもあるし、せっかくだからお酒なんてどうかな」

「いや、それより俺は今朝の約束を果たしたいんだが」

「約束……?」

「忘れたのか。薄情な妻だな」

右腕を伸ばし、細い腰を抱き寄せて首すじに唇を押し当てる。ちゅ、と音を立ててやると、七香は肩を跳ね上げてじわじわと赤くなった。

「思い……出した……」

申し訳なさそうな照れ顔が可愛くて、つい、意地悪したくなる。

「うん？　思い出せない？」

本当は聞こえていた。

だがあえて聞こえていないふりをして、倫太郎は七香をソファに押し倒す。

「仕方ないな、思い出させてやろう」

「えっ、ちょっ、思い出したってば、倫太郎さ、んんっ……」

慌てたように言いながらも、七香はぎこちなくキスに応える。

頼もしく、潔い一面がある一方で、彼女が意外と押しに弱いことは、付き合い始めてから知った。七香は甘い言葉や甘い雰囲気に、めっぽう耐性がない。

そうして恥ずかしがらざるを得なくなるのが、なにより苦手なのだろう。

だからこそ、倫太郎は囁《ささや》く。

「愛してる、七香。ずっと触れたかった。夜が、待ち遠しかった」

「……っ」

甘やかして、恥ずかしがらせて、強がりを溶かして……その果てにいつか、涙までもさらけ出してもらえるように。

ショートパンツから伸びた健康的な太ももを撫でつつ、軽く組み敷く。パーカーのファスナーを前歯で噛んで下に滑らせると、恨めしそうな顔で見つめられた。

3、休日の過ごし方

野々花は今年、三歳になる。

来年には四歳。つまり、春から幼稚園に入園する年齢を迎えているのだ。

「うーん……」

ソフトブロックで遊ぶ野々花をローテーブルの向こうに見つつ、七香はソファに腰掛けて育児系雑誌を捲《めく》る。頭を悩ませているのは、服についてだ。

そう。幼稚園受験時の。

「やっぱりスーツ、一着くらいあったほうがいいかなぁ」

野々花は、近所の私立幼稚園を受験するつもりだ。

願書を提出した日に、母と子だけで簡易的な面接試験を受ける。

倫太郎は自身が通った有名私立を推したが、受験時に両親揃って面接に出席しなければならないとわかって、諦《あきら》めた。

だいいち、書面でも倫太郎の名前を父親の欄に書くのはリスクだ。園から情報が漏れたとなれば、倫太郎だけでなく園だって信用問題に発展してしまう。

というわけで倫太郎の秘書の白井に相談し、若干後ろめたいがコネのある園を見つけてもらい、野々花の父親については秘密、詮索しないという約束を取り付けたうえで、受験することを決めたのだ。

説明会にも面接にも、七香が出席する。

いくつか、気になったコーディネートのページの端を三角に折りながら考える。

(スーツといっても、普段使いできるのがいいな。何度も使わないだろうし)

そうするうち、七香は脱線してお出かけ特集のページに見入ってしまった。親子キャンプにテーマパーク、博物館に幼児向けプレイグラウンド……。

どれも楽しそうだが、ほとんど行ったことがない。

野々花とふたりで移動するなら手段は電車だし、途中で寝られてしまったらにっちもさっちもいかなくなりそうで、なんとなく二の足を踏んでいた。

「ままっ」

すると、野々花がソフトブロックのケースを片手にとことこっとやってくる。

「あそぼっ」

「はいはい」

雑誌を閉じて、差し出されたケースを受け取った。

中から青いブロックを取り出し、野々花にひとつ渡す。

「どうぞ。お魚です」

「おさかな……？」

「のの、お魚好きでしょ？　どんなお魚が一番好きかなー？」

「しらす」

「しらすか」

魚……いや、確かに魚だが。

すると白いブロックのほうがイメージと合うだろう。青いブロックを置いて白いブロックを手に取ろうとすると、目の前に赤いブロックが差し出された。

「どーぞ」

「はい、ありがとう。これはなあに？」

受け取った赤いブロックを示して問うと、野々花は真顔で「あかいぶろっく」。

「んー、せっかくだからもっと想像力を働かせてみたらどう？　よし、赤だからトマト！　わあ、トマト美味しそう！　もぐもぐ、うーん、ジューシー！」

「まま、ぶろっくたべるの……？」

「いや、違うから。そうじゃないから。想像力よ、想像力！」

このままではまずい気がする。

簡易でも、入園にあたって面接はあるのだ。でなかったとしても今後、幼稚園で同級生と遊ぶことを考えれば、もうすこし野々花の想像力を鍛えておいたほうがいい。

七香は閉じた雑誌をローテーブルの下に仕舞い、意気込んでソファから立ち上がる。

そしてそれきり、雑誌の存在など忘れてしまった。


迎えた土曜、七香は倫太郎の声で目を覚ました。

「おはよう、野々花、七香。朝食ができたぞ」

寝室のカーテンを開けながら言われ、そういえば今週末は倫太郎が休みだったと思い出す。眠い目を擦り擦り、それでも眩しさのあまり瞼を持ち上げられずにいると、野々花は飛び起きたらしい。

「ぱぱぁ！」

倫太郎に抱きついたのだろう。ベッドがぼよんと揺れる。平和な揺れだ。

「ぱぱ、きょうおやすみっ？」

「ああ。一緒にいっぱい遊ぼうな」

「わあいっ」

遅れて目覚めた七香はぼんやりと、エプロン姿の倫太郎に抱きかかえられている野々花の姿を見た。パジャマのまま、満面の笑みでばたばたと足を動かしている。

「おはよう、七香」

と、すかさずというふうに右頬に口づけられた。

普段なら赤くなってしまうところだが、羞恥心はまだ眠っていた。

「……おはよ……。なんだか、甘くていい匂いがする。お腹すいた」

「寝起きから食欲か。七香らしいな」

肩を揺らして笑った倫太郎は、キッチンの方向を示して言う。

「ワッフルを焼いたんだが、食べないか」

「ワッフル!? 朝から!?」

がばっと起きた。

「そう。久々で焦がしそうになったが、どうにかできた」

結婚前から家事全般が得意だった倫太郎は、普段、仕事に忙しく家事にはノータッチだ。が、休みの日となると、はりきってこんなふうに腕をふるってくれる。

いつも任せきりだからと倫太郎は言うが、休みの日くらい休めばいいのにと七香は思う。ただでさえ休日は野々花がパパにべったりで、疲れるに決まっているのだ。

「わ、豪華……！」

ダイニングへ行くと、テーブルの上には生クリームやフルーツ、ジャムなどで鮮やかに飾られたワッフルが置かれていた。

ハムエッグやサラダ、タコさんウィンナーにキャンディチーズなど、付け合わせのバランスもよく、野々花も「わあ」と歓声を上げる。

「ぱぱすごい！　おいしい！」

「はは、まだ食べてないだろ」

笑いながら野々花を子供用の椅子に座らせつつ、七香にも椅子を引く倫太郎は完璧な夫だ。朝からシャツにパンツときっちりした服装だし、髪も整えられている。

（わたし、常日頃からもうすこし、見た目に気を遣うべきかも……）

かたや七香は寝起きのすっぴん、パジャマのままだ。

着替えたとしても、いつも同じようなカットソーのワンピース。たまにはお洒落でもしないと、完璧な倫太郎に申し訳ない。

だが、どんな服を選んだらいいのかもわからなかった。

もともと着飾ることに興味はなく、流行りも、何が自分に似合うのかも知らない。

だから、受験の日に来ていくスーツすら簡単には決められないわけで……。

内心唸りつつワッフルをひと口頬張ると、

「七香、クリーム」

ふいに頬を親指で拭われ、どきっとして肩が震えた。

「うん、うまい」

指のクリームを舐めて拭う仕草を、目のあたりにして動悸が激しくなる。

(うう……何をどうお洒落したって、釣り合う気がしない……)

まず倫太郎は、どんな服だって自分のもののように着こなしてしまうからすごい。

たとえ油断したパジャマ姿だって、色気を増幅させる道具にできるのだから見事だ。

とくにここ数年は、年齢を重ねてより色っぽさを増している感じもする。

このままではいつか、直視できなくなるかもしれないと思うほどだ。

恥ずかしさからうつむき、ぱくぱくとフルーツを頬張っていると、向かいの席から
くすっと笑われた。

「こういうの、付き合う前にも食べたよな。パンケーキだったたか」

「そ……そうだっけ?」

「七香が熱を出したあと。全快祝いにって、ようやく同伴に応じてくれたときだ」

そういえば、と七香も思い出す。

そろそろ同伴してくれてもいいんじゃないかと、倫太郎に笑顔で誘われた日を。

『課題に現場に忙しいのもわかるが、たまには息抜きに。どうだ？』

『……わかりました』

応じたとき、七香は自分が奢るつもりだった。看病してもらったお礼をしなければと、ちょうど考えていたところだったのだ。それで、倫太郎に希望を聞いた。

すると『どこか話題の店は？』と返され、ヘルプの嬢も交えて世間話のように飲食店の話をしているうちに、パンケーキ屋に決まっていたのだった。

予約も、支払いも、当然のようにさせてもらえなかった。

『これが同伴の常識だろ？』

『でも、今日はお礼のつもりだったし、こんなの申し訳ないです』

日を改めようと言おうとしたら『だったら一日デートしてほしい』と請われ、少々動揺した。しかしあのときはまだ、まさか倫太郎が本気だとは思わなかった。

山にも海にもドライブに行って、気持ちがみるみる膨らんでいって。こうして抑えきれなくなっていくのは自分だけだろうと、切なく感じていた。

「もう一枚食べるか？」

向かいから聞かれ、七香ははっとして頷いた。

「うんっ。いただきます！」

「ののも！　ののも、たべるっ」

両手を振り上げた娘は、母に負けじと皿の上のものをきれいに平らげている。

口の周りどころか、額の真ん中にまで何故かついてしまったクリームを見て、思わず倫太郎と笑ってしまう。

（……ほんと、予想もしなかったな。倫太郎さんとの娘を授かって、結婚して、こうして家族三人、過ごす日々があたりまえになるなんて）

倫太郎がいて、野々花がいて、全員元気で朝ごはんが美味しい。

それだけで、ほかにはもう何もいらないと思える。

「さて、今日の予定なんだが」

テーブルの上のものがほぼ片付くと、倫太郎は神妙に咳払いをして、言った。

「家族でキャンプにでも行こうと思う」

「キャンプ……？」

「そう」

どういうことだろう。

家族揃って外に出るのはご法度《はっと》のはずだ。

まず倫太郎は明日も仕事だし、一泊で旅行なんて無理に決まっている。

混乱する七香に微笑み、倫太郎は立ち上がって続き部屋の引き戸に手をかける。

須永家のリビングダイニングには、引き戸で仕切られた六畳の子供部屋がある。おもちゃ箱や絵本の本棚が置かれていて、野々花が一日の大半を過ごす場所なのだが。

「目的地はここだ」

引き戸が開かれると、ドーム状の黒いテントが置かれていて……。

「おうち！」

きらりと瞳を輝かせ、野々花が椅子から飛び降りる。止める暇もなかった。

まっすぐに駆けていき、テントの中に飛び込む。

しかし七香はダイニングテーブルについたまま、驚きのあまり動けない。

「ど、どうしたの、これ……」

「もらってきた」

「もらったって、どこで」

「スタジオにあった小道具なんだが、もう使わないから捨てると聞いて、それなら、と。どうだ？　外に出かけた気分で、一日楽しんでみないか」

手招きされ、七香は恐る恐る、テントの中を覗く。すると、小さなテーブルの上にお弁当らしき包みとおやつの袋、ランタンが置かれていた。

まるで本当にキャンプ場にでもやってきたみたいだ。

自宅にいるとは思えない。

「わ、すごいっ。ここだけ旅先って感じ。そっか、テントの中に入っちゃえば、室内か屋外かは、あまり関係ないんだね」

「ああ。野々花はここで昼寝してもいいぞ。昼寝布団を持ち込んで、お泊まりだ」

「ねる！　のの、ここでおひるねするっ」

鼻息を荒くして興奮する娘を横目に、七香まで嬉しくなる。

いつから計画していてくれたのだろう。

外に行けないから自宅で……だなんて、七香には思いつかなかった。自分の知らないところで、倫太郎が家族を喜ばせようと計画していてくれた。

想像すると胸が熱かった。

「家族全員、動きやすい服装に着替えて出発準備だ。いいか？」

倫太郎の掛け声に、七香と野々花は揃って「おーっ」と声を上げた。

リュックにおやつをたっぷり詰め、玄関で出発の号令をかける。

自宅内を並んで歩いて、ハイキング気分で子供部屋へ戻った。

野々花は山の斜面だと言って滑り台を延々滑り、疲れたのだろう。倫太郎手製のお弁当を食べると、昼過ぎにはテントの中で眠ってしまった。

「七香」

しいっ、と倫太郎は人差し指を立てて囁く。

そして七香の右手を握り、テントの外へと連れ出した。

「こうなると野々花は、最低一時間は起きない。そうだよな？」

「うん。だけど、それが一体……」

「一時間の間は、ふたりっきりってことだ」

流し目を寄越しながら言われ、どきっとする。

（えっ、何？　なに？　もしかして、昼間から!?）

寝室に誘われているのだと思い、七香は頬を赤くしたが、手を引かれ、連れて行かれたのは書斎だった。

倫太郎はそうっと廊下の扉を閉めると、おもむろにクロゼットを開く。

そこから次々に取り出されたのは、色とりどりの紙袋だ。すべてに中身が詰まっており、それぞれ洒落た横文字で、ロゴマークのようなものが記《しる》されている。

「どうぞ」

「えっ、わ、わたしに？」

「そう」

洋菓子か何かだろうか。

美味しいものを想像して紙袋を開いた七香は、中から出てきたボックス入りのハンドバッグを手にのけぞってしまう。

「なんで⁉」

安くないものだということは、庶民育ちの七香にもはっきりわかった。わかりやすいブランドのロゴなどは描かれていないが、生地も縫製も抜群にいい。

さらに、ほかの紙袋からは出てくる出てくる、レースのセットアップに上品なツイードのスーツ、シャツワンピースにジャンパースカート……さらに、普段七香が身につけているカジュアル服の上位互換みたいなブランド服も。

「好みじゃなかったか？」

「ううん！　倫太郎さんの気持ちはうれしい。嬉しいよ。けど、いいの？　誕生日でもないのに、こんなに高価《たか》そうなものばかり」

突然どうしたのだろう。

とは、聞いたら失礼だろうか。

だが今まで、倫太郎からのプレゼントは食べ物がほとんどだった。

七香はファッションにも金目のものにもさほど興味はないし、まず、倫太郎が女性向けの日用品を個人的に購入するのはリスクだ。秘書の白井はこの点、協力してくれないとも聞いていたし。

考え込む七香に、倫太郎はなにやらすっと差し出してくる。

リビングのローテーブルの下に仕舞っておいた、育児系の雑誌だった。

「種明かしをすると、これが全部ネタ元だ」

ぱらぱらと捲られたページは、端が三角に折り込まれている。

七香が先日、つけておいた印だ。床の上に広げられた服は、どれも七香が気になっていたコーディネートに近い。さらにそのうちの一枚は、お出かけ特集のページ、キャンプの情報が掲載された部分だった。

「えっ、わたし、ここのページまで折ったっけ？」

記憶にない。が、読んでいたのは覚えている。

コーディネートに印をつけているつもりで、ついでに折ってしまったのだろう。

「七香が雑誌を買うなんて珍しいからな。何に興味があるのか、探らせてもらった。リビングテーブルの下にこれがなくて、おかしいと思っただろ？」

「ううん！　全然気づかなかった……」

「そうか。なら、サプライズは大成功だな」

「うん。でも、こんなに女ものの服を買って、怪しまれなかった？」

「いや。番組のスタイリスト経由で取り寄せたんだよ。試しに、姪っ子にプレゼントするんだと言ったら、深追いされなかった。まあ、兄弟の有無なんて公表してないしな。こんなに簡単なら、もっと早くに頼んでみればよかった」

倫太郎は何故だか企み顔で笑って、七香を抱き寄せる。

「で、早速だが、着替えてみないか」

試着してみろと言っているのだろう。頷いて、七香は山となった服を抱えて廊下へ出ようとする。と、右手を掴まれ、引き留められた。

「どこへ行く？」

「どこって、脱衣所だけど。すぐに着替えてくるよ」

「ここで着替えればいいだろう」

「ここ……って」

「俺の目の前で、だ。夫婦なんだから、恥ずかしがる必要はないはずだ」

当然のように倫太郎は言ったが、七香はカッと顔面が火照《ほて》るのを止められなかった。

「し……試着室は普通、密室でしょ。こんなオープンな……」

「ここも密室だが」

「そう、かもしれないけど、でもっ……」

後退しようとしても、摑まれた腕に阻まれた。

穏やかな瞳に情熱的に見つめられ、みるみる動けなくなる。ばくばくと心臓が鳴る。

既視感のある緊張感——そうだ。初めて告白されたときも、こうだった。

『好きなんだ。きみ以外は考えられない』

アフターの最中に告げられ、まさかと思った。

倫太郎のことは好きだが、最初から諦めていた。年齢差はもちろん、立場の違いだって承知していた。叶うはずのない恋だった。

とくにこのときは、父を亡くして間もなかった。父の実家で葬儀を済ませ、戻ってきたばかりで、母を支えるのが最優先だったこともある。

突然摑まれた手の、リアルな温もりに焦って——。

弾け飛ぶように逃げ帰り、そして心底、後悔した。

失礼なことをしてしまった。傷つけてしまった。本当は好きなのに、あれでは拒否したも同然だ。嫌われてしまったかもしれない……。

こちらから連絡して謝りたい。だが、合わせる顔もない。迷う七香の自宅まで、翌日、倫太郎はやってきた。そして切羽詰まったように言ったのだ。

『俺と結婚してくれないか。と、昨日、伝えるつもりだったんだが、伝えきれなかったから今、言いに来た。お父さんのことがあって、今はそんな気分になれないかもしれない。だが、今だからこそ俺は、七香と家族になりたい。なってほしいと思っている』

母親の面倒も見る、何も心配はいらないと言う倫太郎がやけに大きく見えて、胸が熱くなった。父の顔が一瞬、頭をよぎる。父ならきっと、祝福してくれる。そんな気がした。

『っご……ごめんなさい……』

『大丈夫だ。一度や二度、断られたところで諦めるつもりはない』

『そうじゃなくて、昨日……逃げてごめんなさい。わたし、わたしも倫太郎さんが好きです。大好きです。』

しゃくり上げて伝える七香の肩を、もう耐えきれないとばかりに抱き寄せる腕が熱かった。両想いなのだと思うと、余計に緊張して倒れそうだった。

「バンザイしてごらん、七香」

戸惑っている間に、ボーダーのカットソーを脱がされる。

デニムのショートパンツもだ。

あっけなく下着姿にさせられて震えると、黒のドレスを頭からすとんと着せられた。

「じっとして。背中のファスナーを上げる」

しかし倫太郎の指は、いつまで経ってもファスナートップを摘《つま》もうとしない。開いた背にちゅ、ちゅ、とキスを連ねられ、七香は飛び上がる。

「ひゃ……っ」

やんわりと甘噛みされた肩甲骨が、今にもとろけそうだ。

「の、野々花が起きちゃ、う」

「廊下の扉も、子供部屋の扉も閉まってる。少しくらい声を上げても、問題ない」

問題ない……いや、大ありだ。

ここは明るいし、服は新品だし、ベッドもない。

思わずぎゅっと膝を閉じると、腰を撫でながら抱き寄せられる。熱い唇は背骨の上をつうっと遡り、うなじへとやってきてそこを軽く吸った。

（どうなっちゃうの……）

困惑の向こうで、期待感がわずかに顔をもたげたときだ。

ファスナーがすうっと閉め切られる。小さなホックを留めると同時に膨れかけた衝動を無理矢理封じられて、現実に戻りきれない己に戸惑う。

「こっちを向いて、七香」

「……」

「なーな」

悔しい気持ちで振り向くと、倫太郎はワークチェアに腰掛け、じっと七香を見つめていた。

「ああ、可愛い。絶対に似合うと思ったんだよな」

満足げに唇を三日月にして、デスクの角に頬杖をつく。そして笑顔のまま、空中に小さな円を描くように人差し指をくるりと回した。

「回って見せて」

「っ……むり……」

「無理じゃない。ほら」

こんなときの倫太郎は、絶対に引かないから困る。恥ずかしくて消えてしまいそうになりながら、七香はその場で時計回りに回ってみせた。

「うん、丈もちょうどいいな。最高にきれいだよ、七香」

褒められすぎて、呼吸が浅くなってくる。

それなのに上機嫌でノースリーブのワンピースを差し出され、七香は固まった。これ以上着替えるなんてできない。火照り過ぎた頬から、きっと発火してしまう。

「どうした？　着てくれないのか」

「だ、だって」

「だって？」

「……こんなの、恥ずかしすぎる……」

「いいだろ、たまには。ほら」

押しに負ける形で、七香はワンピースを受け取った。

倫太郎に背中を向け、後ろ手にたどたどしくファスナートップを探す。しかし何故だか指先が痺れていて、うまくホックが外れない。

「……っ」

焦るのは、背中に視線を感じるからだ。

倫太郎が見ている。注目されている。

意識すればするほど、指は言うことを聞かなくなる。

（はやく……早く、終わらせてしまいたいのに）

背後から物音ひとつしないことが、ますます七香の焦りを煽《あお》った。

ちりちりと、視線に焦がされているみたいだ。倫太郎の期待が、官能に訴えかけてくる。どうしてこんなときに限って、何も言わないのだろう。

と、右手の甲に何かがあたった。自分とは違う、人の温もり。

そこで七香は、すぐ後ろに倫太郎がやってきていたことを知る。

「あ、ヤ」

どきっとして身を引いたが、かえってすんなりと搦《から》め捕《と》られた。

「誘うのがうまいな、七香は」

誘ったつもりはない。

けれど、もう、声にならない。

唇を奪われたかと思ったら、直後にデスク上に仰向けで押し倒された。ワンピースの裾から入り込んで来た手が、太ももを撫でながらスカート部分を捲り上げる。

覚えているのは、優しく鼓膜をくすぐる吐息。

体中を愛《め》で尽くす、丁寧な愛撫。

そして、夢中で倫太郎の背にしがみついているときに鳴った、電話のコール音。

倫太郎は無視して続けるつもりだったようだが、七香が「出て」と背中を押した。

「すまない。急ぎの呼び出しだ。スタジオに行く」

ワイシャツをばさりと羽織った倫太郎は、画面の向こうに観る凛々しさだった。

名残惜しくないと言えば、嘘になる。

しかし、仕事よりプライベートを優先させるようなら、倫太郎は倫太郎ではない。

周囲に気を遣って、遣いすぎて疲弊しているくせに、それでも誰かに寄り添うことをやめない。そんな人だから、側にいて、逃げ場になりたいと思った。

普段着に着替え直して、玄関で見送った。

「気をつけてね。おうちピクニック、続きは野々花とわたしで楽しんでおくから心配しないで」

「ありがとう。この埋め合わせは必ずする」

「そんなの！　もう充分だよ。ほら、いってらっしゃい！」

七香に背を押されて出て行きかけた倫太郎は、思い出したように振り返る。

「頼みがある。昼に弁当を食べたテーブルの下、風呂から上がったあとにでも探ってみてくれないか」

「テーブル……テントの中の？」

「そう。今日のメインのお楽しみを、そこに準備してあるんだ」

メインのお楽しみ――。

すぐに見たいのはやまやまだったが、倫太郎に言われたとおり、七香は入浴後にテーブルの下を探ってみた。

すると、黒い地球儀のようなものが出てくる。明るいところに運び出し、それが家庭用のプラネタリウムプロジェクターだと気づいて、じんわり温かい気持ちになる。

（キャンプ……ここまで考えてくれてたんだ）

そして七香はようやく、自分の本音に気がついた。

雑誌を眺めながら、ついお出かけ特集のページに見入ってしまった。うっかり端っこを折ったのは、無意識のうちに、羨ましいと思っていたからかもしれない。

いいな、わたしだって家族でお出かけをしてみたいな、と。

「まま、それなに？」

「おうちの中を暗くして、お星さまを見るためのものよ。そうだ、今夜は星を見ながら寝ようか！」

寝室に移動し、暗い中でスイッチを入れると、途端にあたりが夜空と化した。

「わぁ、わあっ、おほしさまっ。まま、おほしさま、たーくさん！」

ビー玉みたいな丸い目をきらきらと輝かせ、野々花はその場で踊り出す。

星空を、野々花に見せるのは初めてだった。暗くなってから部屋を出ることがなければ、窓を開けて外を見るという機会すらほとんどない。

「ほんと、とってもたくさん。昼は見えないけど、こんなにあるんだね、お星さま」

「おほしさまの、おこめ……！」

「あははっ、お米！　ほんとだ」

笑いながら、感激してしまう。

これこそ、想像力。必死になって七香が引き出そうとしていたときには、決して聞けなかった言葉。倫太郎は意図していなかっただろうが、倫太郎の手柄だ。

「お星さまのお米、かき集めて、ほかほかに炊いて食べたいねぇ」

「うんっ。ののの、おほしさまのごはん、たべたい！」

「ママも！　山盛りでね、夜空みたいな海苔の佃煮をのせちゃう」

満天の星を眺めながら、寄り添って眠った。

ここに倫太郎がいてほしかった。

けれど、倫太郎の存在をいつもより近くに感じる夜だった。

翌日、七香はいつものように朝食の準備を整えた。

野々花を起こす前にテレビのスイッチを入れる。直後「えっ」と仰天《ぎょうてん》した。

『えー、はい。本日は司会者が急病で欠席したため、わたくし、コメンテーターの須永倫太郎が司会を務めさせていただいております』

倫太郎が司会者の席にいたからだ。

（昨日、緊急の呼び出しでスタジオに向かったのって……このため!?）

確かに緊急事態だ。倫太郎が焦って出掛けて行くのも当然だ。

画面に見入る七香の前で、倫太郎は危なげなく司会をこなしていく。

ゲストにもコメンテーターにもまんべんなく話題を振り、要所要所でアナウンサーたちと連携する姿は、やはり気遣いの人といったふう。

「ほー。倫太郎さん、司会業も向いてるかも」

恐らくだが、この采配はPDによるものだろう。

彼なら、倫太郎社長がやったらいいんじゃない、とでもさらり、無茶振りをしそうだ。そして倫太郎はその提案を、間違いなく断れない。

(なんたって、脅してきたくらいだもんね。倫太郎さんがメディアから足を洗わないように。よりによって倫太郎さんの大事な、須永不動産を盾にして)

いつもより緊張感のある笑顔の夫を見つめ、七香は負けてたまるか、と思う。

極秘の結婚生活は不便なこともあるが、不幸じゃない。倫太郎に申し訳ないなんて思わせたくないし、何があったって家族三人、この幸せを貫いてみせる。

「おはよぉ……」

そこに野々花が起き出してきた。

お気に入りの枕を抱えたまま、眠い目を擦り擦りやってきて、テレビの前のローテーブルにつく。

「……ぱぱ、もうながれてる!」

「そう。あのね、パパね、今日は司会者さんなんだって!」

「ぱぱがはいしゃさんになっちゃった!?」

「いやいや、歯医者さんではなくてね。でもいつにも増して、責任重大なお仕事よ」

野々花はわかっているのかいないのか、画面の中の倫太郎をじーっと見つめる。そして当然のように、切り分け前のベーコンを手づかみで奪取した。

「あーっ、ベーコン！　ママにも分けてっ」

「はぐっ、むぐぐぐ」

「ちょ、無理矢理口に入れたら危ないよ！　ゆっくり！　よく噛んで食べないと」

直後、野々花は見事に咽《む》せて、七香はベーコンを諦めた。取らないから、安心してすこしずつ、しっかり噛んで食べるように、と言い諭してため息をつく。

明日から、肉類はしっかり切り分けて食卓に運ぼう。大きいままのほうがご馳走気分が味わえると思っていたが、ここ最近、ご馳走にありつけない日が続いている。

仕方なくトーストの端を噛み締めると、画面の中の倫太郎が品よく笑った。

4、若き母の悩み

「……俺の本業は不動産会社の経営なんだが」

倫太郎が呆れ顔でぼやいたのは、初めて司会に挑戦してから、およそ一か月後のこと。スタジオから戻るなり、玄関でため息をついていた。

「どうしたの？　メディアのお仕事、伸び悩み？」

「伸びなくていいんだよ。こっちは近年、メディアから引退するための道筋をどうつけようか試行錯誤している最中なんだから」

聞けば『須永倫太郎冠番組』の企画書がいくつも持ち上がっているという。

「すごい！　確かに安定した司会ぶりだったもんね。やらないの？」

「やるわけないだろ」

「もったいない。向いてると思ったけどなぁ、司会業」

そう言いながらも、やらなくて済むならそのほうがいいと七香は思っていた。

倫太郎に司会は嵌まり役ではあったが、いつにも増して気を遣いすぎたのだろう。

あの日、帰宅した彼は疲労困憊《ひろうこんぱい》だった。

倫太郎の手から通勤鞄を受け取り、一緒にリビングへ向かう。

「へえ」

と、七香を追い越しながら倫太郎は言った。

「やはり似合うな、そういう格好」

そういう、というのはレース素材のセットアップのことだ。

先日、倫太郎がプレゼントしてくれた服の中の一着。今日は幼稚園の説明会があるので、こうして朝から身支度を整えていたわけだ。

「メイクもしてるのか。きれいだ。なんだか『ナナ』時代を思い出す」

「……あんまり言わないで。恥ずかしくて変な汗、出る……」

「きれいなのは本当なんだから、いいだろ。幼稚園の説明会か。俺も行きたかったが、今回は頼む。いずれ、一緒に行けるように段取るから」

「期待しないで待っとく」

「おい、そこは期待してるって言うところだろ」

倫太郎が苦い顔をすると、廊下の先から野々花が駆けてきた。

「ぱぱぱっ、おかえりっ、ぱぱぱー!」

「ただいま、のの。しかし今日はまた、ぱ、が少々多くないか?」

半袖ブラウスにグレーのジャンパースカートを重ね着したようなワンピースは、七五三のお祝いに先駆けて七香の母がプレゼントしてくれたものだった。

午後になってから、七香は野々花の手を引いてマンションを出た。

「よし、行くよっ、のの！」

「しゅっぱぱぱーっ！」

目的の幼稚園まで、徒歩で十五分ほど。

春からは自転車で送迎するつもりだが、この服装では難しいので、今日のところはひとまず歩くことにした。

「のの、今朝も言ったけど、絶対にパパのことは内緒だからね」

赤信号で立ち止まると、七香はしゃがみ込んで野々花に念を押した。

「何を聞かれても、答えちゃダメ。いい？」

不安なのは、秘密の結婚が野々花の口から外部に漏れることだ。

半年ほど前まで、野々花は舌ったらずで何を言っているのか聞き取れないことも多かった。

だからうっかり口を滑らせても誤魔化《ごまか》すのは簡単だったが、今はそこそこ話せる。うっかり、を、簡単にフォローしきれない可能性だってあるのだ。

「ぱぱが、あさ、ながされてることもひみつ？」

「う、うーん、それは秘密というか、話したら混乱を生みそうだわ。とにかく、パパについて誰かに聞かれたら『わかんない』って言えばいいからね」

「わかんない！」

「それはパパについて質問されてから言おっか」

本当に大丈夫だろうか。正直、不安でたまらない。

だが説明会に出席しなければ願書がもらえないし、野々花だって園の雰囲気を知っておいたほうが今後のためになるはず。とにかく今日は、やるしかないのだ。

（ひとまず、野々花から目を離さないようにしよう。それが最善の策だわ）

こうしてやってきた幼稚園では、在園児の降園時間だった。

保護者と手を繋ぎ、あるいは友達同士で声を掛け合いながら通り過ぎていく子供たちは、皆、ピーコックグリーンの園服を身につけている。

野々花が着たらきっと似合う。想像しながら、受付をして木造の建物に入る。

パイプオルガンが設置されたホールは、園児が体を動かす場所なのだろうが、天井も高く広々としていてチャペルさながらの荘厳な雰囲気だ。

「わあ、流石は私立だわ。こっちだよ、のの」

「はぁい」

子供たちがホール内を駆け回る中、野々花は七香の隣の椅子におとなしく座った。初めての場所に緊張しているのかもしれない。周囲をきょろきょろとうかがいながらも、七香から離れようとはしない。

普段の天真爛漫ぶりが嘘のようだ。

（こんなに同世代の子が大勢いるところ、なかなか来ないもんね。びっくりしたかな）

公園や児童館にはよく行くが、これほどの人出はない。それに、いつもなるべく人の輪を避けて、遊ぶのは基本的に親子ふたりで、だった。

親しい友人を作ってしまったら、そこから極秘結婚についてばれる可能性が生まれる。だから野々花はもとより、七香にも友人——いわゆる『ママ友』はいない。

「ごきげんよう、お隣よろしいかしら？」

すると、斜め左から話しかけられて、七香は顔を上げる。

通路には、母親らしき若い女性と小さな男の子が立っていた。

若いといっても七香より五つ、六つは年上だろう。ツイードのスーツにハイブランドのハンドバッグを手にした姿には、いかにも富裕層という気品がある。

「ど、どうぞどうぞ！　がっつり空いてますっ」

慌てて右隣を勧めると、女性はにこりと笑って野々花の隣に男の子を座らせた。

巻き髪が垂れ下がると、耳にパールのピアスが光って、七香はぎくっとする。

（しまった。アクセサリーまで気が回らなかった）

本当に、慣れないことはするものではない。

浮かぶ冷や汗を手の甲で拭っていると、野々花の隣の男の子が言った。

「ぼく、りょうすけ」

いかにも賢そうな口ぶりだ。紺の短パンに白いシャツ、ニットベストがよく似合う。

「りょーすけ？」

ぽかんと問い返す娘を前に、慌ててしまう。

「の、ののっ。りょうすけくん、でしょ」

いきなり同級生を呼び捨てにするとは。

しかし野々花に親しく遊ぶ友人はなく、接し方を心得ていなくても無理はなかった。

「りょーすけくん？」

「そう。ののも名前、りょうすけくんに教えてあげようか」

「うん。ののの、おなまえは、すながのののか」

「やっ、ちょっ、ののの、のが多い！　ごめんね、ののかっていうの、この子」

「ののかちゃん、あそぼっ」

はらはらする七香の前で、野々花と男の子はジャンケンを始めた。勝敗のつけ方がわからないのか、互いにグーチョキパーを出し合うだけだが、充分に微笑ましい。

（いいなあ、こういう光景）

このまま何事もなく説明会が終わりますように、と内心で祈る。

「可愛いですね、ののかちゃん」

男の子の向こうの席から、ツイードスーツの女性が言った。

「目がくりっとしてて、お人形さんみたい。おうちでもこんなに落ち着いているんですか？」

「いえいえ！　家では毎日バタバタしてますよ」

「まあ。シッターさん泣かせです？　うちの子はしょっちゅう、取っ組み合いを挑んでしまって。家庭教師の先生にも呆れられているくらいなんです」

「あー……ええと、うちはそういうの、雇ってなくて」

「あら。旦那さまが堅実？　それともお姑さんが厳しいのかしら」

「そんなところです。えと、りょうすけくんは、しっかりしてますね」

当たり障りなく、七香は返答する。

これ以上、深い話はしないほうがいいだろう。

すると、男の子がおもむろに「ぼくのぱぱはね」と言い出す。

「ぱぱは、せいいち。せいいち、しゃちょう。ままは、れいこ」

まずい。さっと血の気が引いた。

名前。そうだ。倫太郎の仕事に関しては口止めしておいたが、名前も、とはっきり言ったわけではない。そこまで察して自分で判断できるほど、野々花は大人ではない。

「あー、あ、ホールの中、ちょっと暑いですね。のの、麦茶でも飲もっか」

己の迂闊さを呪いながら、七香はハンドバッグから水筒を取り出して、素早く野々花の口にストローを咥えさせる。絶対に倫太郎の名前を言わせるわけにはいかない。

苗字だけならまだしも、須永倫太郎というフルネームは、さほど一般的ではない。聞けば誰もが朝の情報番組を思い浮かべるに決まっている。

「りょうすけくんは暑くない？」

そうして話を逸らそうとした七香だったが、麦茶を飲み終えた野々花は、ちゅぽん、と口からストローを外す。そして、言った。

「ぱぱのなまえは、すなが、りんりんたろろ」

「わあああああ……あ？」

叫んで掻き消そうとして、我に返る。

野々花は今、なんと言った？　倫太郎ならぬ、りん……りんたろろ？

見れば、男の子の母親も「まあ」と上品に口もとを押さえている。

「個性的なお名前なのね。ろろろさん？」

「あっ、あは、あははっ」

倫太郎さんごめん、と心の中で詫びながら愛想笑いで誤魔化す。ろろろにしてごめん。だがセーフだ。一瞬焦ったが、野々花にはでかしたと言いたい。

りんりんたろろ、万歳だ。

すると、目の前の席の女性がくるりとこちらを振り返る。

そしてきらきらと目を輝かせて、言った。

「いま、須永倫太郎社長とおっしゃった？」

驚きと緊張で、全身の血の気がざっと足先まで落ちる。

父親が、と言われたわけではないのに、動揺のあまり、とにかく否定しなければと思う。「い、いえ、まさか」と七香は声を震わせたが、りょうすけの母はぱっと顔を上げて「すてきですよね！」と応じてしまった。

「朝の番組、私もよく観ます。いいですよね、倫太郎社長。この間、司会も完璧にこなされてましたし、そつがなくて、理想の上司って感じ」

「わかります！　私、スマホの待ち受け倫太郎社長にしてるんです」

「それいいですね。私も真似してしまおうかしら」

進む会話に、父親という単語は混ざってこない。

（あれ？　もしかして、疑われているわけじゃない……？）

女性たちがきゃあきゃあと黄色い声で話す側で、野々花含め子供たちはじっとしていられなくなったのだろう。束になって、通路へと駆け出して行った。

その後、園からの説明をひと通り聞いたあと、親子リトミック体験を経て、会はお開きになった。前後左右の保護者たちに頭を下げ、帰路につく。

往路より、気の所為か足取りが軽い。

「ようちえん、たのしかった！　のの、ようちえんすき！」

「そっかそっか。あの幼稚園、気に入ったんだね」

「うんっ。またいきたいっ」

「じゃあ面接、しっかり頑張らなきゃね。ひとまずお昼、なに食べよっかー？」

パン屋にでも寄って、サンドイッチでも買って帰ろうか。

そんなことを考えながら、小さな手を引いて道のりを半分来たときだ。

野々花が右斜め下から「といれ！」といきなり叫んだ。

「トイレ？　おうちまであとちょっとなんだけど、待てる？」

「もらす」

「わ、わかったっ。すぐにどこか寄るからね！」

見回すと、交差点の向こうにスーパーが見えた。

急ぎ、横断歩道を渡って店内に駆け込み、お手洗いに直行。ぎりぎりのところで事なきを得て、半笑いを浮かべてしまう。

（こんなときは毎回、時限爆弾を無事に解除したような気分だわ）

子育てでこんな達成感を味わえるなんて、野々花が生まれるまで知らなかった。

「さて、今度こそ帰るよ」

ついでにパンコーナーでサンドイッチを買って、店を出る。

持ち慣れないハンドバッグを提げ、反対の肩にエコバッグをかけて。それから野々花の手を握ろうとしたが、右斜め下に見慣れたつむじはなかった。

「……えっ」

すぐに周囲を見渡す。

野々花がいない。慌てて、駐車場と道路に目を遣る。

車道に飛び出していたらと思うと、血の気が引いた。が、見渡す限り、野々花どころか子供の姿はない。

「ののっ。野々花!?」

当然だが、返答もない。

何故。ほんの一瞬で、どこに行った？　まさか、誰かに、連れ去られた？

「野々花……っ」

一気に冷や汗が噴き出して、こめかみを伝った。

このまま、二度と野々花に会えなくなったら。想像すると、足もとが覚束なくなる。

顎が、密かに震えだす。

藁にもすがる思いで、駐車場に停められた車両の間を見て回る。

「野々花、どこにいるの……!?」

倫太郎に電話しようか。今なら、自宅にいるはずだ。

リモートワーク中か、あるいは仮眠中か……いや、電話してどうする？

助けてと言ったところで、こんなにひと目の多いところにあの有名人を呼び出したら、余計な混乱を招くだけだ。それより、できることがあるはず。

（どうする？　どうすれば……、ううん、だめ、まず落ち着かなくちゃ……っ）

息を吸って、吐いて。それから七香は踵《きびす》を返し、スーパーの店内に駆け込む。

もしかしたら、迷子として保護されているかもしれない。でなかったとしても、店員に協力を仰ぐことはできる。七香の今日の服装を伝えて、探してもらって……。

と、そこへエプロン姿の店員に連れられてやってくる小さな人影を見つけた。

野々花だ。

わかるや否や、七香は転げる勢いで駆け寄って、膝立ちで幼い体を掻き抱いた。

「野々花……！」

ぎゅっと抱き締め、狭い背中をさする。ふかふかで、ほんのり汗ばんだ体。

嗅ぎ慣れた我が子の匂いが、不安に侵された胸に沁みて、痛い。

「まま？」

当の野々花はわかっているのかいないのか、あっけらかんとしたものだ。が、七香はもはや立ち上がる力もなかった。

よかった。二度と抱き締められないかと思った。

怖かった。

「よかっ……、ごめん。ごめんね、一瞬でも目を離して」

聞けば、野々花は「ぱぱがいた」という。

似た男性とすれ違い、思わず追いかけてしまったのだろう。

店内に戻ってから倫太郎ではなかったと気がつき、引き返すにも方向がわからず、うろうろしていたところを店員が保護してくれたそうだ。

「ご迷惑をお掛けしました。本当にありがとうございました」

数えきれないほど頭を下げ、ふたりきりになってからまた、野々花を抱き締めた。

「もう、パパみたいな人を見かけても、追いかけちゃだめ。パパはね、おうちの外でののに会うことはないんだから」

「……なんで?」

「なんでも、よ。もう、勝手にママから離れないで。お願いよ……」

背中にきゅっとしがみつく、一生懸命な力があまりに尊かった。

野々花が初めて迷子になったことを、七香は夜になってから倫太郎に打ち明けた。

家の外では側にいられないぶん、その日にあったことは、いい話でも悪い話でも、すべて打ち明けようと決めている。

「ごめんなさい。二度と、野々花から目を離したりしない。……ううん。しばらくは、外出も控えるつもりよ。もう、あんな思いはたくさんだもの」

バスルームの扉越しに、七香はうなだれる。

無邪気に湯船をばしゃばしゃ掻き回す音、舌ったらずの呑気な鼻歌。のちに「そうか」と低い返答があった。

「怖かっただろう。よく頑張った」

穏やかに包み込むような声に、思わず泣きそうになる。

バスルームの扉が閉まっていてよかった。目を合わせていたら、我慢できなかったところだ。それでも鼻声にならないよう、天井を見て涙をこらえる七香の耳には、続けて短いため息が聞こえた。

「……ごめんな。毎度、大事なときに側にいてやれなくて」

「そんな! 倫太郎さんが気にすることじゃないわ。ひとりでもちゃんとできる人だっているんだし。野々花のことは、完全にわたしの責任よ」

「本当にそう思うか?」

深刻そうな問いになんと答えたらいいのか、迷っている間に倫太郎は言う。

「俺は、そうやって何もかもを七香に背負わせるために、結婚したわけじゃない」

「……倫太郎さん……」

打ち明けないほうがよかったかもしれないと、一瞬、後悔する。家族がひとつになるために情報共有は大事だが、それで責める格好になっては元も子もない。

それ以上、何を言ったらいいのかわからずに戸惑っていると、倫太郎が言った。

「野々花も、泣かずに頑張って偉かったな」

ん、という野々花の返答が、明るいのが救いだった。

わずかな沈黙のあと、倫太郎は野々花を湯船から出したらしい。ぺたぺたと歩く音がして、七香は扉を開ける。かまえていたバスタオルで、小さな体を受け止める。

「……まま？」

細い髪をわしゃわしゃ拭いていると、心配そうな目が七香を見上げていた。

「ないちゃう？」

深刻そうな顔になっていたのだろう。焦って笑顔を作った。

「ううん！　ちょっとくしゃみが出そうだっただけ」

「はっくしゅん？」

「そうそう」

頷けば、野々花はぴんっと背すじを伸ばし、何かを思いついたらしい。背中に拭きれていない水滴をつけたまま、リビングへと駆けていった。

「こら、ののっ。まだ体が濡れて……」

追いかけていった七香は、駆け戻ってきた娘から「あいっ」とボックスティッシュを差し出されて、目を丸くしてしまう。

「……え」

「はっくしゅんのあとは、おはなチーン」

どうやら、鼻をかむと思って持ってきてくれたらしい。濡れた手で引っ張り出されたティッシュを受け取ると、しっとりと湿気《しけ》っていて、胸がきゅうっとなった。

(ついこの間まで、赤ちゃんだったのに……)

野々花が誕生したのは真夏、うだるような熱帯夜のこと。

『いっちょ、ぽーんと産んでくるからっ』

豪語して倫太郎と別れ、母に付き添われて入院したものの、本当は怖かった。刻々と強くなる痛みに、額に滲む脂汗。

震えながら病院のベッドに横たわり、それでも母には弱音を吐けなかった。家族の前では、ずっと強がって生きてきた。泣きごとなんて言いかたもわからない。

自分ひとりで、打ち勝たねばならない恐怖だと思っていた。

それなのに。

『七香、大丈夫だ。俺がついてる』

陣痛室に入ると、倫太郎から電話がかかってきた。

倫太郎は立ち会いこそできないが、仕事を休み、何時間も通話し続けてくれた。

母曰く、電話口の倫太郎は七香が分娩室に入ると同時に無言になり、産声が聞こえるまで、じっと黙ったきりだったそうだ。切りましょうかと言っても、まだ、もうすこし側にいる気でいたいからと、電話口に居続けたという。

そこまで連鎖的に思い出して、七香ははっとする。

(……さっき、わたし、言いかたを間違えてしまったのかも)

ひとりでもちゃんとできる人だっているとか、野々花のことは完全に七香の責任だとか。倫太郎だって野々花の親なのだし、娘を大事に思えばこそ、背負いたい責任だってあるはずだ。それを、否定すべきではなかった。

あとで倫太郎とふたりきりになったら、きちんと謝ろう。

そう考えて野々花の背中を拭き直していると、タオルの中から細い声がした。

「まま、あのね」

「うん？　どうしたの？」

「あのね、ぱぱって、だちょう？」

「だ……？」

「りょうすけくんのぱぱ、だちょうだって」

瞬間、脱衣所のほうから「ふはっ」と噴き出す声がする。

だちょう。なんのことかわからず頭を捻った七香は、りょうすけの言葉を思い出して、遅れて噴き出した。だちょう……しゃちょう。聞き間違いにもほどがある。

「あはっ、のの、だちょうじゃなくて社長よ。社長。うちのパパだって社長よ？」

「しゃちょ……？」

ぽかんとしている野々花のもとに、バスタオルを腰に巻いた倫太郎がやってくる。

「ののは、パパがだちょうに見えるのか？」

「わかんない。のの、だちょう、しらない」

「ふふ、図鑑に載ってたはずよ。のの、あっちで見てみよう？」

着替えを済ませてから子供部屋に三人で移動し、床の上で動物図鑑を捲る。

だちょうは鳥類のページに紹介されていて、コミカルな表情の写真を目にした野々花は、ぱあっと明るい顔になる。

「だちょう、かわいいっ」

「でしょ⁉　このつぶらな瞳、ふわふわの羽毛、ぷりぷりのおしりに不釣り合いなゴツい脚……かわいい！」

盛り上がる母娘に、倫太郎は納得のいかない顔だ。

「可愛いか？　けっこう凶暴だぞ、だちょうって」

「きょーぼー？」

「そう。機嫌を損ねると、この大きなくちばしでガツガツ攻撃してくるんだ。パパは小学校の遠足で動物園に行ったとき、後頭部をつつかれて酷い目に遭った」

「だちょう……どうぶつえんにいるの？」

「ああ。場所にもよるが」

「のの、どうぶつえん、行ってみたい！」

目を輝かせて言う野々花を前に、七香と倫太郎は目を見合わせる。

動物園……そういえば、野々花を連れて行ったことはない。近所の公園には日参しているが、動物園やテーマパークなど、すこし離れた場所には縁がなかった。

動物について知りたいなら図鑑だってインターネットだってあるし、幼児向け番組でもたびたび取り上げられているから、今まで必要性は感じなかったけれど……。

倫太郎は、うんと唸って顎を撫でる。

そして言った。

「行ってみるか、動物園」

ぱあっと、野々花の顔に光が射したようになる。

「ほんとっ!?」

「ああ。そうだな、二週間後の土曜はどうだ」

快く頷いてみせる倫太郎に、七香は慌てて掌を突き出した。

「ちょ、ちっと待って。わたし、言ったはずよ。しばらく外出は控えるって」

もうあんな怖い思いをするのはたくさんだ。

野々花とふたりで遠出など、当面は考えられない。

「だから、だ」

「は……?」

「このまま放っておいたら、七香は何もかもひとりで背負い込もうとするだろう。だが俺だって親だ。同じだけの責任を負っていなければ、存在する意味がない」

わけがわからない。

だが倫太郎は、まるでとうの昔に覚悟を決めてあったかのように言った。

「動物園には、俺が七香と野々花を連れて行く」

「な……何を言ってるの？　家族の存在を知られるわけにはいかないって、今まで厳重に隠してきたじゃない。それなのに、突然、そんな……危険すぎるわ！」

「今までの俺なら、その危険を避けるために七香への負担もやむなしと考えただろう。だが、間違えていたと思う。だから変わらない。変えられなかったんだ」

何を言っているのだろう、倫太郎の言葉がまったく理解できない。

続けて倫太郎は何やら言おうとしたようだが「どうぶつえん、どうぶつえんっ」と、野々花が叫びながら小躍りを始め、それをかき消した。

「どうぶつえーん！」

「あ、走っちゃダメ、ののっ。そこ床、濡れてるからっ」

廊下へ駆け出す娘を追いながらも、七香は混乱していた。家族で動物園だなんて、倫太郎は正気だろうか。冗談だと思いたいが、そんな雰囲気でもなかったし。

野々花を捕まえてリビングに戻ると、倫太郎がキッチンで水を飲んでいた。撤回の言葉が聞けるのでは、と七香は期待して待ったが叶わず、倫太郎はおやすみとだけ言って、野々花を寝室へ連れていってしまった。

5、動物園とにこにこネコちゃんハッピーバースデー

「何も、無防備な状態で危険を冒しに行くわけじゃない」

完璧に対策を施すから大丈夫だ、と倫太郎は言った。

それでも七香は数日、焦りっぱなしだった。

(本当にいいの⁉)

もしも動物園で倫太郎が倫太郎だと知られたら、どう誤魔化す?

画像でも撮られて、拡散されたら? 野々花の存在が世間に出てしまったら?

考えれば考えるほど、恐ろしい。

迎えた当日の朝、倫太郎は夕方、日暮れが近くなってから出掛けようと言った。

「期間限定で土日のみだが、閉園時間を延長している動物園がある。ナイトズーというらしい」

「ナイトズー……暗くなってから動物園に入るってこと?」

「そう。変装したうえで夜の闇に紛れれば、リスクは格段に減らせるはずだ」

さらに倫太郎は、レンタカーまで手配していた。

ファミリータイプのワゴン車だ。

普段乗り回している車では足がつきやすいが、レンタカーなら話は別だろう。

午後五時、倫太郎はロゴ入りのTシャツとダメージデニムという、らしからぬ服装で運転席に収まる。そしてキャップとサングラスで武装してから、車を発進させた。

「おでかけーっ」

野々花は大興奮だ。

だが後部座席の七香は、体を屈めて縮こまったまま、まるで犯罪でも犯しているかのような気分だった。本当に出発してしまった。

「ぱぱとおでかけ、ぱぱと！」

「そうだな。今日は、パパも一緒だ」

盛り上がる父娘を横目に、用意してきたカンペをこそこそと読む。

（……よく言われるんですよ……似てるって……ただ似てるだけですから……）

そうだ。

もし倫太郎の素顔を誰かに見られたとき、他人の空似として誤魔化そうと決めてきた。力業だろうが、あれこれ小細工するよりずっと、嘘っぽくはならないはずだ。

ぶつぶつ言っていたから、仕込んできたおやつを食べる余裕もなかった。

動物園に着いたのは、午後六時過ぎだ。

「な、なんだか、予想したよりずっと明るいんだけど……!?」

「そんなに焦るな。日暮れまであとちょっとだ。問題ない」

おどおどする七香を後部座席に乗せたまま、倫太郎はマスクを着けて車を降りる。

そしてトランクからベビーカーを降ろすと、そこに野々花を乗せてしまった。

行くぞ、と促され、七香は小さなポシェットを胸に抱えて車から出る。

駐車場内に、人はまばらだ。彼らがこれから繰り出す人なのか、それとも帰って行くのか、確認する余裕もない。

ああ、着いてしまった。人前に、出てしまった。

「わー、どうぶつえええーんっ」

はしゃぐ野々花を連れ、入った園内にはすでにライトが点々と灯《とも》っていた。

やはり、明るい。

七香はさらに縮み上がったが、すれ違う人たちは誰ひとりとして倫太郎を気にしていない。不思議なほど簡単に、横をすり抜けていく。

「な、大丈夫だろ」

倫太郎はマスクとサングラスの向こうから、得意げに言う。

「実は先週、ひとりで様子を見に来たんだ」

「えっ。先週？」

そう、と頷く倫太郎を見て、目をしばたたいた。

「動物園に行こうって決めてから？　わざわざ、安全を確認しに来てくれたの？」

「まあな。やってきてからやっぱりだめ、帰ろうとか言って、野々花を悲しませたくなかったからな。七香にも、たまにはいい夫だと思って欲しいし」

「そんなの、いつだって思ってるわ！」

忙しい中、様子見のためだけに動物園に来るなんて大変だったはずだ。そこまで入念に準備をしてくれていたとは、七香は思いもしなかった。

ありがたいと思ういっぽうで、申し訳なくもなる。

(結局、まだあのときの失言、謝れてないんだよね……)

倫太郎が野々花のために背負いたい責任を、否定してしまったこと。

ごめんと言うのは簡単だ。だが今、それを肯定してしまえば、倫太郎がこうしてあれこれ背負おうとする姿勢を、歓迎して受け入れる格好になってしまう。

家庭を持った以上、家族に対して果たさなければならない義務はもちろんある。

だが倫太郎は背負っているものが多すぎる。このうえ負担を増やしたくないとも思う。

何をどう、伝えたらいいのだろう。

考えながら視線を横に向けた七香は、ベビーカーを押す倫太郎を見て息を呑む。

――わ。

軽く丸めた背中に、Tシャツ越しにもわかる筋肉。どんなにカジュアルなデニムでもセクシーさを隠しきれない、長さの際立つ脚。体格だけで、充分絵になる。

公園で家族連れを見かけるたび、想像していた。

あれが倫太郎だったら、どんなに素敵だろう、と。

予想通り今、七香の横を歩く倫太郎はこのままベビーカーの広告にしてもおかしくない。穏やかな足取りまで、いつにも増して魅力的に思える。

ああ、本当に外にいるのだ。

家族三人、揃って。

「あーっ、きりんさん！」

野々花の声で前方を見ると、前方にはきりんがいた。

夕焼けをバックに、ゆうゆうと佇む姿は、サバンナを彷彿《ほうふつ》させる。

「すごい……きりんって、こんなに大きかった？」

「俺もこの間、久々に見てそう思った。この迫力は、図鑑じゃわからないよな」

「……そうだね」

この瞬間の感動は、実際、足を運ばなければ得られなかったものだ。

野々花も大口を開けて驚いている。こんな反応もまた、自宅にいては見られなかった。そう考えると自然と、来られてよかったな、と思う。

そして肩の力が少し、抜けた気がした。

「あ、だちょうっ。のの、だちょうだよ！」

「わあっ、わあ！　だちょうさんっ」

目的のだちょうの展示場にたどり着いたのは、すっかり暗くなってからだ。

倫太郎はサングラスを外したが、気付く人はいない。園内にところどころ灯るライトが、キャップのつばで黒々とした影を作り、目もとを隠してくれていたのだ。

「……あの、倫太郎さん」

だちょうに大興奮の娘をベビーカーの中に見つつ、七香は遠慮がちに話しかける。

「わたし、倫太郎さんに謝らなきゃならないことがあって」

「ん？　お取り寄せのカヌレ、結局ひとりで食べたことか？」

「うっ……。そ、それもだけど、この間。幼稚園の説明会があった日の夜のこと。わたし、倫太郎さんに失礼なこと、言っちゃったでしょ。野々花に対する責任は、全部わたしにある……みたいな」

「そうだったか？」

覚えてない、とばかりに倫太郎がしらを切ろうとしたから――七香に気を遣ってうやむやにしようとしているのがわかったから「そうだったの」と強気で続けた。

「ごめんなさい。わたしが間違えてた。倫太郎さんから責任を取り払うことが、必ずしも倫太郎さんを楽にするわけじゃないんだよね」

迷ったが、思っていることはすべて伝えておくことにしたのだ。

「申し訳ないって思うだけで、手が出せないのはしんどい。わたしが野々花のことで悩んでいたら、なおのこと。そういう気持ち、想像できてなかった」

「……七香が反省することじゃない」

「ううん、反省するよ。だけどそれでもね、倫太郎さんの負担を増やしたくないって気持ちもあって……難しいね」

すぐに結論は出ないだろう。七香が迷う以上に、きっと倫太郎も悩んでいる。お互いに、譲れないものがある。

「それから、今日、とっても楽しかった！」

照れながらも思いっきり笑いかけると、倫太郎もふっと笑顔になる。

「俺も、久々にわくわくしたな。下調べをしている間も、ずっと」

そしてふたりは揃って、野々花のつむじに視線を落とす。

細い髪の生え際が、橙色の照明をきらきらと、星のように光らせていた。


「さて、そろそろ引き返すか」

倫太郎が言ったとき、ベビーカーの中の野々花は寝息を立てていた。

興奮しすぎて、体力を使い果たしたらしい。口を半開きにして眠る様子は平和そのもので、これを見にやってきたのではないかと思うほど、かわいい。

ライトアップされた園内を、ゆっくりとふたり、並んで引き返す。

「七香」

すると、左の二の腕をつんと押された。倫太郎がベビーカーを押しながら、右肘を差し出している。摑まれ、と言いたいのだ。

「えっ、い、いいの？」

「今夜は遠慮はナシだ」

人前で腕を組むなんて、結婚前にデートして以来だ。

いや、そもそも例の事件の前、そこそこ普通に付き合っている頃だって、腕を組んだり手を繋いだりなど、滅多にしたことがなかった。恥ずかしかったのもあるし、なんだか気も引けて。でも今は、倫太郎の想いに応えたい気分だった。

「じゃあ、失礼します……」

応えてその腕に摑まり、寄り添って歩く。

きっと、年を取っても忘れないだろう。一生、覚えているだろう。今夜のことは、ずっと。

「また、来月にでも来ような。ほかにも行けそうなところ、探しておくから」

囁きかける声に、いつもなら『調子に乗ったらダメだよ』と応えただろう。今回は無事に過ごせているけれど、次もまた同じようにうまく行くとは限らない。

一生に一度だけでも、家族で外に出られた。それだけで充分だ。

これ以上望むのは、贅沢すぎる。

「……うん」

それなのに、七香は頷いてしまった。

雰囲気に呑まれて、本音を隠せなかった。

倫太郎は、意外だったのだろう。視線をぱっと七香に向けてくる。

たまたま照明の角度で、ずっと影になっていた目もとが明らかになって、驚ききったその眼差しに、はっとする。

――しまった。

何故、肯定してしまったのだろう。

倫太郎の負担を増やしたくないと、言ったばかりなのに。

「あ、や、やっぱり今のなし。今日ので充分、わたしは満足よ。野々花だって、しばらくは思い出に浸ると思うし。こういうのに慣れて、警戒心が薄れちゃっても大変だからっ」

七香はそう言って倫太郎を見たが、頷いてはもらえなかった。

ゆるりと立ち止まった夫につられ、七香も歩みを止める。

(ああ、迂闊に『うん』なんて言うんじゃなかった)

倫太郎がもし、七香の本音を聞いたと思って深刻になってしまったらいけない。

これ以上どうフォローしようかと七香は焦ったが、倫太郎の表情は固くなく、深刻というより、むしろ嬉しいことに不意をつかれて動けなくなってしまった、というふうだ。

「……倫太郎さん……？」

と、そこに生温かい風が吹いた。

七香の前髪を、舞い上げて通り過ぎる。反射的に、目を閉じていたのだろう。そう
と気づいたのは、唇を生温かいものに掠《かす》められてからだった。

「……！」

一瞬、倫太郎の瞳がすぐ前に見えて。

飛び上がって後退したときには、倫太郎はもうずらしたマスクを戻していて……。

「き、危険すぎるわ……！」

家族揃って家の外にいる。それだけで危ぶまれる状況なのに、こんな。

しかし倫太郎は堂々としたものだ。

「誰もいないだろ。たとえ撮られても、この暗さなら誰だかわからないだろうし」

言われてみれば、周囲に人の姿はなかった。

それでもなお、心臓は大きく跳ね続ける。

キス。

外で、初めてキスをしてしまった。

「七香が突然、可愛いことを言うからいけない」

そう言ってまた歩き出す夫を、数歩遅れて追いかける。

火照った頬が、じんじんして痛いくらいだ。

ほんの三時間だけの、初めての家族旅行――。

後日、びくびくしながらスマートフォンを握り、倫太郎の目撃情報を検索したが、動物園で見かけたという情報は上がっていなかった。心底、ほっとした。

＊＊＊

倫太郎はたまらない気分だった。

『また、来月にでも来ような。ほかにも行けそうなところ、探しておくから』

『……うん』

結婚して五年、短いけれど初めて見えた甘えに、胸が震えた。

やはり、今のままではいけない。

もっと七香に弱いところもさらけ出してもらうためには、現状の打破が必要だ。そうだ。本当の意味での安息の地を与えない限り、七香は安心して幸せを享受《きょうじゅ》できない。

そうはっきり認識した、初めての家族旅行だった。

それから数週間後――。

「ケーキとプレゼントは俺が買ってくるからな」

ネクタイを締めながら玄関に向かう倫太郎を、七香が焦った足取りで追って来る。

「でも、倫太郎さんは今日、オフィスでしょ？　わざわざそこまでしなくても、わたしが買いに行けるわ。タクシーを使うし、野々花は、ばあばに預けていく。もともとそうやって、ケーキを買いに行くつもりだったんだし」

「手を出せないのはしんどいって気持ち、わかってくれたんじゃなかったのか？」

「それはそうだけど、でも、急な話だし」

今日は三回目の野々花の誕生日だ。

昨年同様、夕食時、家族でパーティーをする予定になっている。

これまでプレゼントというと七香と倫太郎が相談し合って決めるもので、今年もすでに用意はしてあった。ショッピングカート付き、おままごとセット。

しかし昨夜になって、突然野々花が「どーしてもほしい！」と別の物を指定した。

にこにこネコちゃん森のおうちデラックスセット。

名前は可愛らしいが、外箱がホールケーキの箱の何倍も大きいという代物だ。

「帰宅前に俺が店をまわる。七香が電車であちこち行くより、効率的だ」

「そうかもしれないけど、独身のはずの倫太郎さんが子供用のプレゼントなんて買ったら、お店の人に不審がられるわ」

「友人の子供に贈る、という体にすれば問題ない」

「ケーキも買うのに？　車から部屋まで運ぶときも、無防備になると思う！」

「ケーキは別のところで買うから問題ないだろ。駐車場から運ぶときは、風呂敷に包むなり、ダンボールに詰めるなり、方法はいくらでもある」

動物園の一件以来、すこしは甘えてくれるようになるかと期待したが、甘かった。七香の、徹頭徹尾、身の回りのことは己で、という姿勢は独身時代と変わらない。実に頑なだ。

しかし今回はどう考えても、倫太郎が動いたほうが話が早い。まず、ケーキとおもちゃの箱を同時に運ぶのは無理だろう。

七香には渋られたが、最後は倫太郎が「両方とも俺が」と押し切って自宅を出た。

「おはようございます、須永社長」

車を走らせて十五分、地下駐車場で車を降りると、白井が早足でやってきた。

須永不動産の自社ビルは、いわゆる再開発エリアのど真ん中にある。ビル周辺を含め、倫太郎がデベロッパーとして開発に携わってきた地域だ。

街づくりは大木を育てるようなもの。

そう言っていたのは、祖父だった。

誰かの宿り木として根を張り、誰かが高く飛ぶための足掛かりにもなる。同時に木陰で安らぐ人に寄り添い、貴重な文化の証にもなるだろう。

叶うものなら――。

ここが実りの温床になるように。

未来に思いを馳せるとき、倫太郎は家業こそ天職だと感じる。

「社長」

エレベーターのドアが閉まると、白井が言った。

「出勤直後に申し訳ありませんが、ひとつお伝えしてもよろしいですか」

「なんだ？」

「PDからご連絡がありました。冠番組をやるならうちで、とのことです。ひとまずお伝えしますとだけ答えておきましたが、よろしかったでしょうか」

来ると思っていた。

ほかのプロデューサーたちがいくつも企画を持ちかけてくる中、倫太郎に最も近い彼が黙っているはずがない。

冠番組をやるなら、PDのもとで。彼から提案してきたときだと、決めていた。

「先日話した、企画書はどうなっている？」

「準備できております。が、本当にお受けになるおつもりですか、このお話」

「いや。受ける、じゃない。受けてやるんだ」

今や、朝の番組の視聴率を支えているのが倫太郎だというのは周知の事実だ。

そのうえ、倫太郎に番組を持たせたいとあちらから話を持ちかけてきた場合、どうしたってPDは下手に出ざるを得ない。

多少、倫太郎から強めの要求をしたとしても、断れないはずだ。

――『……うん』

夜の動物園、素直に頷いた七香の横顔。

左頬が、黄色い照明に照らされてふんわり丸く光っていた。

あの一瞬をこの先、永遠にするために……そろそろ、反旗を翻《ひるがえ》させてもらう。

「至急、広報部内にチームを作ってくれ。メディア対策に特化したチームをだ。それから、副社長にも連絡を。できればチームに加わってもらいたい」

「お待ちください」

白井は珍しく焦っている。

「冠番組を持ってどうするのです。宣伝などしなくても、もはや須永不動産は安泰です。それなのに、かえって危険に身を晒すような真似……。これまで同様、人気が下がるのを待てばよろしいでしょう。ましてや、相手はあの男なのですよ」

白井の心配はもっともだ。白井は、倫太郎がPDに脅されていると知っている。だからこそ、倫太郎の極秘結婚にも、より強い危機感を抱いているのだ。

もしPDに知られたら、どう利用されるかわからない。

倫太郎がますます不利な立場になるのではないか、と。

「白井が心配するのはわかる。だがこのままでは、いつまで経っても危険は危険のまだ。今できる最善の策は、舵を切る方向を見極めることじゃないのか」

「社長は楽観的すぎるのです！」

「操舵室にいる人間が希望を捨てたら、辿り着けるものも辿り着けなくなるだろう」

いいから早く、と急《せ》かす倫太郎に、白井はそれ以上の反論を諦めたらしい。短く息を吐き、内線で広報部に招集をかけた。すると広報部は昼どきに海外部署との会議が入っているため、朝のうちならチーム編成が可能とのこと。

「そうか。朝のうちに事が済むなら、昼にはすこし外出させてくれないか」

「何かご予定でも？　私は把握しておりませんが」

「今朝、急遽決まったんだ。七香が動く前に、全部済ませてしまいたい。ケーキ屋と、それからおもちゃ屋……なんだったか、あれ。そうだ、にこにこネコちゃん森のおうちデラックスセット」

「にこ……？」

白井のメガネがわずかに斜めになる。

一瞬、反応に困った様子だったが、直後にはっとして日付を確認したのは流石だ。

倫太郎の娘の誕生日と理解すると、咳払いをして気を取り直していた。

＊＊＊

倫太郎を玄関で見送ると、廊下をぺたぺたと野々花が裸足で駆けてきた。

「ぱぱ、いってらっしゃい、してない！」

見送りそびれて、ショックを受けている。

七香は体を屈め、丸い頬にケチャップがついているのを指で拭ってやった。

「また今度、一緒にいってらっしゃいしようね。朝ごはんは？　食べ終わった？」

「……ベーこんはままのもたべた」

「やられた！」

早足でダイニングに戻りつつも、七香の心は大半が倫太郎のもとにあった。

（どうしよう。倫太郎さん、本気でおもちゃ屋に行くつもりなんだよね？）

親として、夫としての責任を背負おうとする姿勢は間違えていないと思う。思うのだが、それで秘密がばれるような事態になっては本末転倒ではないのか。

まず、もし倫太郎に子供がいるとわかったら――。

注目は野々花に集まるはずだ。週刊誌に追い回されたりもするかもしれない。そうなったとき、最も傷つき胸を痛めるのは倫太郎にほかならない。そういう意味でも、倫太郎は「背負って」しまう。

倫太郎のことだから、うまくやってくれるだろうとは思う。動物園のときのように、きちんと成し遂げてくれる可能性は高い。とはいえ……。

じっと待っているだけだなんて、七香にはできそうになかった。

「よし！」

そこで七香は家事を済ませ、当初の予定通り野々花を母に預けてマンションを出た。倫太郎に先んじて、プレゼントとケーキを調達してしまおう。きっと倫太郎は勤務後に買い物をするつもりだろうから、午前中のうちに。

そして「買ったよ」と連絡を入れる。

そうすれば、倫太郎が買い物に行く必要はなくなる。

（まずは、ケーキの取り置き。それから、おもちゃ売り場！）

訪れたのは、ふた駅先にある駅に直結した老舗百貨店だ。

いつも押しているベビーカーがない。それだけで視界が違う。なんだか身軽で、うきうきする反面、体の周囲がスースーして物足りないというか……。

野々花とふたりで出かけるのは大変なのに、ひとりでは寂しいなんておかしい。

久々にエスカレーターで地下に下り、洋菓子店でイチゴたっぷりのホールケーキを注文する。チョコレートのプレートに野々花の名前を入れてもらえるよう、お願いしてからエレベーターに乗った。

おもちゃ売り場は四階だ。

「在庫、ありますように……」

はやる気分でエレベーターを降り、おもちゃ売り場に直行する。

と、まさに今、目当てのおもちゃが赤い包装紙に包まれるのが見えた。

「そ、それっ」

同じものをください！と叫びかけて、七香は仰け反る。

包装する店員の手前。支払いをするスーツ姿の人が、夫だったから――。

(どうして倫太郎さんがここに……!?)

一瞬、目が合って、倫太郎も気づいたようだ。驚いた顔でまばたきしているのを、数メートル先に見ながら陳列棚の陰にぱっと隠れる。

仕事中ではなかったのか。昼間から買い物なんて、聞いていない。

すると、棚の向こうからくすっと笑う声が聞こえる。

「考えることは同じか」

七香に言っているのは明白だった。同じ、ということは倫太郎もまた、七香を出し抜こうと早めに買い物に来たのだろう。ベーコンに続き、本日の「やられた」、早くも二度目だ。

すると「社長、何かおっしゃいましたか?」と、誰かが倫太郎に話しかけた。

秘書の白井だ。

そうとわかって、七香はますます深く陳列棚に隠れた。

(白井さんも、珍しく倫太郎さんの買い物に付き合ってくれたんだ)

感謝する反面、できれば気づかれたくないと思ってしまう。

白井は倫太郎と七香の結婚を知っている、唯一の他人だ。そして入籍の際も大反対で、結婚生活が四年を過ぎた今でも会えばちくちくと小言を言ってくる。

もちろん、七香だって自覚してはいるのだ。

白井には秘密を守るうえで、散々迷惑をかけてきた。小言ぐらい、喜んで聞けるようでないと申し訳ない、とも。

しかし小言の中には理不尽な言い分も多く、聞いていて気分のいいものではないから、白井とは極力顔を合わせないように気をつけているわけだ。

白井に気づかれないうちに、帰ろう。そう思い、去るタイミングを見計らっていると、斜めがけバッグの中でスマートフォンが震える。

『ひと足、遅かったな』

倫太郎からのメッセージだ。

棚の隙間から覗けば、倫太郎の手もとにはスマートフォンがあった。

『いいの？　お仕事中なのに、白井さんにまで付き合ってもらっちゃって』

『休憩中だよ。ひとりで来るつもりだったんだが、白井が、お子様へのプレゼントなら付き合います、自分が側にいたほうが仕事っぽく見えるでしょうってさ。ありがたい話だよな』

お子様のプレゼントなら……というのは、妻へのプレゼントなら協力しないという意味でもあるのだろう。白井はそういう人だ。

『ケーキはどうした？』

『さっき地下の洋菓子店でお願いして、今、チョコプレートに名前を書いてもらってるところ。ケーキだけはわたしが持って帰るから』

『そっちは先を越されたか』

悔しそうな棒人間のスタンプが送られてきて、ちょっと笑ってしまう。

キャバクラの営業でメッセージを交換している頃、もっと倫太郎は真面目な文章を送ってくる人だった。何時にお邪魔します、とか、今日もありがとう、楽しかったです、というような。こんなふうにくだけたのは、結婚してからだ。

恐らく七香だけが知っている、倫太郎のプライベート。ほんの少し、優越感。

と、続けて『初めて入ったな、おもちゃ売り場』と短い文章が送られてくる。

『子供の頃から縁がなかったから、新鮮だ』

『倫太郎さん、今までおもちゃ売り場に来たこと、なかったの？』

『そう。欲しいと言えば、たいがい父の秘書が買ってきた。秘書と言っても、そのときはまだ白井じゃなかったけどな』

なんでもないふうな文字列を見て、なんとなくしんみりした気分になる。

番組の視聴者やファンに比べれば、七香は倫太郎についてよく知っているほうなのだろう。一緒に暮らしているし、家族なのだから当然だ。

しかし、こんなときは実感する。

知っている部分よりきっと、知らない部分のほうがずっと大きい。

（野々花が幼稚園へ通うようになれば、夫婦で話す時間ももっと増えるかな）

そうだといいな、と思う。

なにせ倫太郎はこの通り忙しい人で、七香は結婚当初、まだ大学生だった。

妊娠中も、出産後も、今では記憶がないくらいに必死で勉強していた。背中に野々花を背負って、スマートフォンでレポートを作成した夜もある。

甲斐あって無事に卒業できたものの、野々花の行動範囲が広がるにつれ、七香のほうは体力を使い果たして夜は電池切れ、ということが増えた最近……。

倫太郎とふたりきりでゆっくりする時間がもっと欲しいな、と思うのだ。

そこで、いきなり「きゃーっ」と甲高い悲鳴がして七香はどきっとした。

「須永倫太郎社長ですよね!?」

「うそっ、本物！」

見れば、ベビーカーを押した女性がふたり、倫太郎のほうに駆けてくる。

「毎朝、番組観てますっ」

「私も！　大ファンなんです！」

倫太郎がスマートフォンをポケットに滑り込ませたのが、背中越しにわかった。もう秘密の会話は終わりなのだ。すこし寂しい気持ちで、陳列棚の向こうを見つめる。

「これからも頑張ってくださいっ。応援してます！」

「ありがとう」

快く握手に応じるさまには、堂々たる品格が滲み出ていた。

あれがカリスマ性と言うのだろう。画面越しでは伝わらない、本物のオーラ。

なんだか距離を感じる反面、誇らしいとも思う。

有名人だとか、社長だからとかではなく、自然と人目を惹きつける。この才能をもって、倫太郎は常に画面の向こうに半身を置いている。

（これ以上は本当に、側にいたらいけないよね）

メッセージが途絶えたスマートフォンを見つめ、七香はおもちゃ売り場を出た。

今の倫太郎は、倫太郎のファンのためのものであって、自分が彼を支えているなどと思うことすらおこがましい。

すると、ケーキ箱を手にデパートを出たところで、いきなりスマートフォンが震える。音声着信だ。発信者は――『パパ』。つまり倫太郎だ。

「も、もしもしっ」

何事かと焦って応答すると、軽い咳払いののちに『先ほどは申し訳ありません。今夜の会食の件ですが』と他人行儀に言われる。

「会食……？」

もしかして間違い電話だろうか。

倫太郎は取引先の人に掛けたつもりになっているのでは。七香はすぐに伝えようとしたが、押し切るように『予定より早めに参ります』と倫太郎は言う。

『ディスプレイに関しても、はりきってお手伝いさせていただきます。いえ、お気になさらず。例のものは無事、手に入れました。楽しみにしておりますので』

真面目な声に滲む、かすかに愉快そうな気配が七香をハッとさせた。

会食というのはまず間違いなく、今夜の野々花の誕生日パーティーのことだ。

はっきりそう言わないのは、取り囲むファンたちにばれないため？　いや、電話を掛けられるということは、すでに倫太郎は売り場にはいない。

気の所為か、車の走行音が聞こえる。建物の外……たぶん、駐車場だ。

しかし部屋の飾り付けくらいのこと、わざわざ電話を掛けてきて伝えるほどでもない。売り場でのやりとり同様、メッセージで送ってくれたらよかったのにと思う。

「……わかりました。気をつけて。では」

つられて業務連絡のような返答をして、通話を終えようとする。

途端『ジャスト』と、倫太郎は声をひそめた。

『ありがとう。あの子に会わせてくれて』

「え」

慌てて通話画面の上、表示されているデジタル時計を確認して、驚いた。

十二時二十五分。四年前、野々花が誕生した時間だ。

『世界で一番、感謝してる』

囁く声が甘くて、思わず体がじわっと熱くなった。

つまりそれを伝えるために、倫太郎は電話を掛けてきたのだろう。じゃあまた、と倫太郎は最後まで小声で通話を終えたが、七香の耳には甘い響きが残ったまま、地下鉄の駅へと向かう階段を駆け下りながら、はやる胸を押さえた。

(本日の「やられた」、三回目。いつもいつも、不意打ちが過ぎるわ)

サプライズは苦手なのに、嬉しいと思わされてしまうことが悔しい。

その晩、七香の母も招いて、家族四人で野々花の誕生日パーティーをした。

子供部屋の床に新しいおもちゃを広げて遊ぶ野々花を眺めつつ、倫太郎と微笑み合う。野々花がこの世に生まれてきてくれた、記念すべき日……。

「こちらこそ、ありがと」

母にも野々花にも届かない小さな声で言って、七香は倫太郎の脇腹を肘でつつく。

「うん？　なんの話だ？」

「もうっ、わかってるくせに！」

6、新番組とぎゃふんと久々の逢瀬

倫太郎がMCを務める新番組『移住家族』がスタートしたのは、十一月だ。

「ののっ、早く早く！　始まるよ！」

「はじまるっ」

しっとりと流れる、コーヒーのCM。十九時――いよいよだ。

画面が切り替わると同時にリズミカルなメインテーマが流れ、地球儀のアニメーションョン、最後に倫太郎の姿が大写しになる。

『こんばんは。この時間帯では初めまして、須永倫太郎です』

クレリックシャツにベストという軽装が、目新しく爽やかだ。

『当番組では地方に移住して子育てをなさっているご家族の暮らしを、私、須永が不動産デベロッパーならではの視点を交えて、視聴者の皆さまにご紹介させていただきます。ではまず、ゲストの皆さまをご紹介しましょう……』

ぱぱーっ、と野々花が叫ぶ。湯上がりの体は髪こそ乾かしたが、まだ服を着替えていない。冷えないよう、急いでパンツを穿かせる。

「ぱぱ、あさのてれびとちがう?」

「うん。そうだね。カジュアルというか、軽装? ほらのの、ズボンも穿いて」

「なんでー」

「お尻が風邪をひいちゃうでしょ」

当初七香は、この番組の放送が来年春からだと聞いていた。

そもそも、冠番組の話は受けないものと思っていたのだ。企画が進んでいると聞いただけでも、びっくりしたというのに……。

トラブルがあって枠が空いたから、放送が急遽今秋に繰り上がる。すぐに制作に取り掛かる——冗談だろうと思ったほどだ。

ここまでのスケジュールは当然タイト、ゆえに秋の間、倫太郎は収録やロケに忙しくほとんど自宅にいなかった。

(倫太郎さんと今週、まだ会ってないなぁ)

テレビ電話なら毎日しているが、野々花が起きている時間に通話できる日は稀《まれ》だ。野々花も毎日つまらなそうだが、子煩悩な倫太郎は輪をかけてしょんぼりしている。

タッチの差で寝かしつけの時間に間に合わず、涙を呑んだ日も少なくない。

番組で紹介されるのが幼い子供のいる家庭ばかり、というのも皮肉に思えた。

「直通ドアが出せるなら、楽屋にでも押しかけちゃうのにねえ……」

「ちょくつうどあ?」

「そう。ぱかって開くとね、パパのいる楽屋に繋がってるの。というか、楽屋と言わず、社長室にでもご飯を届けに行きたいよね」

「だちょうしつ! いきたい!」

「あはは! 違う違う。しゃちょうしつ」

しかし新番組スタートにあたり、ひとつだけよかったことがある。

冠番組を持つ代わりに、倫太郎の朝のコメンテーター出演は週一度のみになったのだ。つまり隔日で早朝、生放送のスタジオに向かう必要はなくなったわけで……。

番組の制作進行が落ち着けば以前より楽になるだろう、とのことだった。

(それにしても、イメージ刷新って感じだわ)

新番組の倫太郎は、朝の情報番組よりずっと、生身の人間という感じがする。

何故だろう。

朝の情報番組では想像できなかった生活感が、画面を通して伝わってくるよう。

どうしてなのか考えながら野々花を寝かしつけていたら、その晩は朝まで眠ってしまった。夜が明けてスマートフォンを見ると、倫太郎からの着信及び『せめて声が聞きたかった』とのメッセージ、そして泣き顔のスタンプが届いていた。

（しまった、倫太郎さんとのテレビ電話、しないで寝ちゃった……！）


夫婦がすれ違っていても、時間は止まらない。

今年の十一月のメインイベントは、なんといっても野々花の受験だ。

幼稚園へ願書の提出に行き、その足で面接を受けねばならない。

「では始めます。須永野々花ちゃん、好きな食べ物はなんですか？」

「ごましお！」

「ごま……うん、いいんだけど、最後に『です』はつけようか」

「さいごに、ですっ」

「……う、うーん……」

今回もまた、不安になる。

受験予定の幼稚園は、簡単な面接だけで済むと聞いている。滅多に落ちないという噂もあるが、それにしたって野々花はお喋りがまだつたない。

説明会に来ていた子供たちを思い出すと、余計に自信がなくなる。

（わたしの指導がいけないのかな？　倫太郎さんが教えたら、ののも覚える？）

そんな考えが頭をよぎって、すぐに七香は頭をぶるぶると振った。

こんなに忙しいときに相談などしたら、倫太郎の負担になる。それに、面接に出席するのは野々花と七香だ。咄嗟にフォローができるよう、練習しておくべきだろう。

ひとまずやるしかない。

「では、次の質問ですよっ」

ダイニングテーブルの向こう、すでにネコの人形で遊び始めている野々花に尋ねる。

「野々花ちゃんの、ママのお名前はなんですか」

「まま」

「はいどうも、わたしが須永ままです。って、ちがーう！」

と、語尾に被さって部屋のチャイムの音が響いた。

母だろうか。すぐにそう思ったのは、家族以外の誰かがこの部屋を訪ねてくることなど滅多にないからだ。宅配便なら宅配ボックスに入るし、そもそも倫太郎の名前でこんな時間に受け取りを指定したりはしない。

念のため、野々花に「声を出さないでね」と言い聞かせてから、インターフォンのモニターを確認する。

小さな画面には、白井の姿が映っていた。

（し、白井さん⁉）

居留守を使おうかと、ずるい考えが真っ先に浮かぶ。顔を合わせたら、間違いなく理不尽な嫌味を言われる。想像しただけでどんよりした気分になる。

しかし、白井が訪ねてくるなんて珍しい。

もしかして、倫太郎に何かあったのだろうか。

すぐさまエントランスの鍵を開ければ、数分後、白井は部屋にやってきた。

「お邪魔いたします。そんなに嫌そうな顔をしないでいただけますか。私だって、あなたと好き好んで顔を合わせているわけではないので」

「……出合い頭にそこまで言っちゃいます……？」

今日も絶好調だ。いや、舌好調かもしれない。

げんなりする七香の前に、白井は左の掌を見せる。

「お、お手までさせるんですか⁉」

「そんなわけがないでしょう、短絡的な人ですね。社長から連絡が入っているはずです。紺色の、シャドウストライプのスーツです。早く！」

急かされてスマートフォンを確認すると、確かに倫太郎からのメッセージが入っていた。撮影で必要になったから、スーツを用意してほしい、という。

まったく気づかなかった。急ぎ、倫太郎の書斎へ駆け込んでクロゼットを探る。

（シャドウストライプ……これかな？）

ネクタイも合わせて引っ張り出し、持ち運び用のガーメントケースに収める。そうして七香がごそごそやっているうちに、野々花は玄関まで駆け出して行ったらしい。

七香が一式抱えて玄関へ戻ると、白井が両手にネコの人形を持たされていた。

「にゃーっていって、しらい！」

野々花が白井を呼び捨てているのは、倫太郎の影響だろう。

困った顔で固まる白井に、すみませんと言って頭を下げた。

「こら、のの。白井さん、お仕事でいらしてるのよ」

白井の手から人形を引き取り、野々花に返す。

「ちょっとだけなのにぃ」

「ちょっとでもダーメ。白井さん、これ、スーツです。合いそうなネクタイも何本かつけておきました。わざわざ引き取りに来てくださって、ありがとうございます」

「……お預かりします」

ガーメントケースを受け取った白井は、不機嫌そのものだ。

これは何か言われるな、と予想したら案の定「まったく」と始まった。

「子供が玄関まで駆け出してくるとは、無防備にもほどがありますね。すみやかに、リビングに柵でもおつけになったらいかがですか。やってきたのが私でなく、事情を知らない誰かだったら、どうなさるおつもりだったのでしょう」

そんなことを言われても、七香は白井の姿をモニターで確認したからこそ、エントランスの鍵を開けたのだ。ほかの人物なら、まず応答すらしていない。

そもそも倫太郎だって、白井以外の人物を自宅に向かわせたりはしないだろう。

それに、リビングに柵なんてつけたところで、野々花はもう椅子を持ってきて乗り越えられるだけの知恵がある。でなくとも、廊下に出られず叫ばれたら結局バレる。

言い返したいのはやまやまだったが、ぐっと呑み込んだ。

「そうですね。以後、気を付けます」

穏便に、穏便に。

白井は何かしら文句を言いたいだけなのだ。

というのも……。

白井は、七香が財産目当てに倫太郎をたぶらかしたと思っている。

結婚前に妊娠に至った経緯も、七香の策略と考えているくらいなのだ。

「以後とはいつですか。そう言って、今回も受け流すおつもりでしょう」

「あはは、そんな、ちゃんと考えてますよぉ」

「笑顔が引き攣っていますよ。図星の顔ではないですか」

難癖をつけすぎだ。

あーもーっ、と胸の内だけで叫び、七香は想像の中で白井のメガネを奪う。そして磨かれた曇りなきレンズを、ぺたぺたと指紋だらけにする空想をした。

（実際にはできないから、これで我慢しておくわ！）

と、どうにか平和に終わらせようとするのに、白井は「いいですか」さらに言った。

「私はあなたを、あの方のパートナーとして認めてはいません。もちろん、これからも認めるつもりはありません。家柄も、育ちも不釣り合いなうえ、水商売をしていた学生だなんて分不相応にもほどがあるというものです」

「大学ならもう、卒業しましたけど……」

「知っています。社長も社長です。順序を間違えるなんて……いえ、その点、あなたに嵌められただけでしょう。信じるに値しません。その子が、社長の実子だなんて」

みしっと、堪忍袋が軋む音がした。実子かどうか信じない？　言っていいことと悪いことがある。自分のことなら何を言われたって我慢できる。

だが、野々花のことはいけない。

「……白井さんのイケズ」

ぼそっと言うと、野々花に下から「いけずってなあに？」と無垢な目で問われる。

「いじわるって意味よ」

「いじわる？　しらい、いじわるするの？」

「そうよー。もうネチネチネチネチ、しつこいったらないの。ママ泣いちゃう」

「いじわるだめっ。しらい、めっ」

狭い密室に響き渡る甲高い声で叱られ、白井はたじろいだ。

「い、いえ、おっ、お静かになさってくださいっ。私は別に……」

このマンションの防音効果は、芸能人や政治家が多く住んでいるところからも確かだ。が、白井はあわあわと焦って野々花を黙らせようとした。

「別に、意地悪を言ったつもりはないのですよ、私は」

「ごめんなさいしてっ」

「くっ……ご、ごめんなさい……」

「もっとおっきなこえでっ」

「ごめんなさい！」

結局、詫びている白井がなんだか不憫《ふびん》に思えてくる。やりすぎたかもしれない。そうだ。以前、おもちゃ売り場へ行く倫太郎に伴していたところからも明らかだが、白井はぐちぐち言いながらも、野々花に冷たくはできない。

案外、子供に弱いのだ。

「ええと……、なんだかすみません。つい」

上目遣いで詫び返したが、すかさず睨まれた。

「つい⁉　謝るくらいなら喧嘩を売るような真似、しないでいただけますかっ」

「なんとまあ壮大なブーメラ……」

「うるさい！」

声を裏返らせて怒る白井は、故障寸前といったふうだ。メガネを持ち上げてもすぐにまたずり下がり、イラついた様子で踵を返せばよろめいて倒れそうになる。

やはりやりすぎた。

七香は反省した。

もとを正せば、白井がやってきたのは倫太郎のためだ。それ自体は、ありがたいことだ。いくらカッとなったとはいえ、感謝の気持ちを忘れるべきではなかった。

白井の手がドアノブを摑んだから、七香は「あの」慌てて声を掛けた。

「本当にごめんなさい。調子に乗ってしまって」

野々花と目を合わせ、一緒にぺこりとお辞儀をする。

「本当は、とっても感謝してるんです。白井さんから見ればわたしは未熟者ですし、ご心配もごもっともですし。ですから、倫太郎さんに白井さんが付いていてくださること、心強いと思っています。いつかわたしもお役に立てるよう、頑張りますね」

倫太郎の部下として、白井以上の人はいない。

倫太郎だってそう認めているから白井を側に置くのだろうし、まず白井は、嫌味を面と向かって言ってくる。悪役としては、正々堂々としたものなのだ。

その点、匿名で殺害予告をする輩《やから》よりずっといいと七香は思う。

嫌味を言うほど七香を敵視するというのも、裏を返せばそれだけ倫太郎を慕ってくれている証拠でもあるだろうし。

「……まったく!」

白井はそう吐き捨てて、玄関を出る。

しかし三秒ほどして、また、むすっとした顔を扉の隙間から覗かせた。

先ほどまで持っていなかった、ストライプ柄の紙袋を手にしている。それを、ぶっきらぼうに押し付けられる。

「どうぞ。渡しましたよ。渡しましたからね」

「え、これは」

一体なんですか。と、尋ねる前に閉まる扉。白井の姿はもうない。

どういうことだろう。

「まま、それなに？」

「なんだと思う？」

母娘で紙袋を覗き、同時にわあっと声を上げてしまう。

「かわいい花束！」

白いダリアと、カスミソウの純白ブーケだ。

添えられたメッセージカードには『今夜は帰るよ』――倫太郎だ。差出人の名前はないが、筆跡と内容からして間違いない。

「おはな、おはなーっ」

野々花はぴかぴかの笑顔で花束を抱えて踊り出したが、七香は倫太郎の直筆こそ嬉しくてこそばゆくて、胸が震えた。

（帰ってくる。倫太郎さんが、今夜）

一週間ぶりだ。早く顔が見たい。お疲れさまでしたと言いたい。

そしてすこし、笑ってしまった。

花束を出し渋りながらも、結局、律儀に置いていった白井の背中を思い出して。

本当に七香を嫌いなら捨ててしまう選択肢だってあっただろうに——結果、いい人になってしまって本当によかったのか。

「次は、嫌味も甘んじて最後まで聞かないとだわ」

「まま？」

「あ、ごめん、ひとりごと」

懲《こ》らしめるのは今回限りにしようと七香は思った。


そしてその晩——。

「ただいま戻ったよ」

玄関から倫太郎の声がする。

いつもより三十分も早い帰宅だ。

お風呂に入ろうと、洗面所で野々花と服を脱いでいた七香は飛び上がった。

野々花はといえば、一瞬、うさぎのようにピンと背すじを伸ばしたかと思ったら、パンツ一枚で廊下へと駆け出して行った。

「あっ、ちょっと、のの！」

そんな格好で出迎えられたら、倫太郎も驚くはずだ。止めようとしたが、七香も同じくパンツ一枚だ。洗面所から飛び出すわけにはいかず、玄関のほうから聞こえる声に耳を澄ませる。

「ぱぱ、おかえりっ、なさいっ！」

「お、のの、きちんとしたご挨拶ができるようになったのか」

「うんっ。のの、ごあいさつできるっ」

「偉い偉い。見ない間にまた大きくなったな」

抱き上げられたのだろう、野々花はきゃっきゃと笑って喜んでいる。

応えて、倫太郎も嬉しそうに笑う。それだけでもう目頭が熱くなってしまって動けずにいると、「残念だな」とわざとらしい呟きが聞こえた。

「七香は喜んで飛んできてくれないのか？」

それはもちろん、飛んでいきたい。

いきたいのはやまやまだが、なにせ裸なのだ。

急いでバスタオルで体の前を隠し、そろり、遠慮がちに廊下を覗き込む。

「お……おかえりなさい……ごめんなさい、こんな格好で」

この時間に帰ってくるとわかっていたら、入浴時間を遅らせたのに。

恥ずかしさと照れで、七香は視線が定まらない。

倫太郎はまだ玄関にいて、野々花を片腕に抱っこしながら満足げに笑った。

「本当にわかってるよな、七香は」

「え？」

「恥ずかしがられると、俺が余計にぐっとくるってこと」

どきっとした瞬間に思わず見つめ合ってしまい、心臓が止まりそうになる。

優しげな瞳。目尻の笑い皺も、口角の上がった唇も、すべて変わっていない。けれどなんとなく痩せた気もして、すこしの懐かしさに胸がきゅうっとする。

「わざとやってるんだろ？　ん？」

「ち、違いますっ」

赤くなって洗面所に引っ込みつつ、それでも七香は泣きそうなくらい嬉しかった。

（やっと倫太郎さんに逢えた。うれしい……）

結婚してからというもの、こんなに長く離れていたのは初めてだ。

実はすごく心細かったのだということを、ようやく自覚した気がした。

「ののも、ぱぱとおふろはいる！」

興奮しきって、野々花は脱衣所へ駆け戻ってくる。

「ぜーったい、ぱぱとはいるっ」

「そうだな。そうしよう」

「えっ、ちょっと待って。でもわたし、もうここまで脱いじゃったし。ねえののの、ママとじゃだめ？」

「だめ！」

「じゃあ三人で入るか」とは、倫太郎の言葉だ。

「はっ!? う、うそ、冗談よね？」

倫太郎と風呂に入ったことなど、これまで一度もない。

明るいところで肌を見られるのは恥ずかしいからと、ずっと敬遠してきた。

七香はどうにかして倫太郎を止めようとしたが、倫太郎は手際よくスーツを脱ぎ始める。あらわになる肌から思わず目を背けているうちに、浴室に入ってしまった。

野々花が湯船に飛び込むと、残りは七香だけだ。

「ままー、はやくーっ」

「あのね、ののの、でもママは」

「はやく、はやくぅ！」

野々花は何度も七香を呼ぶ。

久々の一家団欒に、嬉しさが抑えきれないのだろう。野々花もまた、このときを心待ちにしていたのだ。その気持ちを考えると、拒否できなかった。

「……パ、パパはあっち向いててね？」

こうなったら奥の手だ。

とっておきの濁り湯の入浴剤を一袋引っ張り出し、こそこそと浴室へ。これさえお湯に溶かしてしまえば、浴槽内での目隠しになる。

そう思ったのに。

「だから、わざと煽るなって」

倫太郎は湯船のふちに頬杖をつき、七香をじっと見ていた。

「豊かになったよな、産後、胸もとが」

「やっ、こっち向かないで！」

「その慌てぶり、見せつけてると受け取るけどいいか？」

「よくないぃ」

このところ、テレビの中の清廉潔白なイメージの倫太郎ばかり見ていたから、冗談でも欲を見せられるとどぎまぎしてしまう。そんな状態で入浴剤の袋を破ったら、見事に中身を倫太郎の肩にぶちまけてしまった。

「おゆが、ぎゅうにゅうになるおこな!」

嬉々《きき》として野々花はお湯を混ぜ始めたが、七香は慌てて倫太郎の肩を手で払う。

「ごめんなさいっ。倫太郎さん、肩まで浸かって流してっ」

白い色が残ってしまわなければいいのだけれど。

と、力強い手で二の腕を摑まれ、浴槽の中へと引っ張り込まれた。

「これ以上、焦らすなよ」

低く囁かれたのは、右耳の後ろからだ。

我慢の滲んだ声にぞくっとして、肩が揺れる。

「ずっと逢いたかった。野々花も抱っこしたかったが、七香にも触れたかった」

「り、倫太郎さん……」

「ビデオ通話で顔は見られても、この温もりまでは得られないからな」

確かにその通りだ。

離れていても、顔を見て話すことはできた。それなのに心細かったのは、生身の温かさを感じられなかったから、にほかならない。

腰に腕を回され、甘んじてじっとしていたら、肩に頭をことんと預けられた。

「やっと、帰ってきた実感が湧いた」

野々花が見てる、と言いたかったのだが、野々花はすこしもふたりを気にしていない。背を向けて、おもちゃのコップで遊んでいる。

恐る恐る振り向くと、ちゅ、と唇の先を啄《ついば》まれた。

「ただいま、七香」

「おかえり……倫太郎さん」


野々花を寝かしつけた倫太郎は、二十一時を過ぎて、リビングで待つ七香のもとにやってきた。顔を見るなり押し倒され、戸惑っているうちに声を上げさせられ……。

気づいたときにはソファの上、汗ばんだ肌を寄せ合って横になっていた。

「悪い。久しぶりで……手加減、しきれなかったな」

「……ううん……」

かろうじてかぶりを振りつつ、七香は朦朧としていた。

まだ、ソファが揺れているような錯覚がする。視界がぼんやりと白く、身体の表面の感覚が遠い。しかし内側には、倫太郎が今も留まっているような……。

枕にしている倫太郎の腕にすりっと頬を寄せたら、額に唇を押しあてられた。

「長く留守にして、すまなかった。変わったことはなかったか？」

靄《もや》のかかった頭に、野々花の顔が浮かぶ。

変わったこと。

「受験対策……にね、面接の練習をしてるんだけど、なかなかうまくいかなくて……でも、さっき、倫太郎さんにちゃんと挨拶ができてて、びっくりしちゃった」

ゆっくり言うと、そうか、と応じながら口づけられる。

「ありがとうな、いろいろと、俺の知らないところで頑張ってくれて」

「倫太郎さんこそ、いっぱい……頑張ってたでしょ。ずっと、観てたよ……、っん」

声が漏れてしまったのは、鎖骨にキスをされたからだ。寄り添って横たわっていたはずが、いつの間にか倫太郎は上半身をもたげ、斜め上から七香を見下ろしている。

「そう思うから、俺は踏ん張れたんだ。本当に、感謝してる」

がっしりした肩と首すじ、鎖骨が間接照明に照らされ、芸術品のようにきれいだ。

思わず左の鎖骨に指で触れたら、手首を摑まれ、頭の上でやんわりと捕まえられた。

自然と突き出される格好になった白い膨らみには、鬱血の跡が散っている。

「そういえば今日、白井が訪ねてきただろう」

「あ……うん。スーツを取りに、来てくれたとき？」

「ああ。スーツくらい、本当は俺が取りに来たかったんだが、このところ毎日、あの時間は副社長との会議にあてていて……身動きが取れなかった。ごめんな」

「副社長？　何か重要な話し合いでもあるの？」

尋ねると、倫太郎は考え込むように天井を見た。

「俺が冠番組にかかりきりでも社を纏めていけるよう、いろいろとお願いしてあるんだ。ひいては、俺が引退しても安泰なように、と思ってさ」

「引退って、まだ定年には早いでしょ」

「まあな。それで？　白井から嫌味のひとつやふたつ、言われたんじゃないか？」

「あー、えっと、それは……」

思わず、苦笑いしてしまう。

もちろん嫌味は言われたが、あれは完全に相討ちだ。白井ばかりに非があるわけではないし、七香もそれなりにやり返してしまった。

倫太郎には知られたくない。

「大丈夫。それより、お花、ありがとう。野々花も喜んで、子供部屋に飾ったの」

「……誤魔化すなよ」

疑わしそうに言って左胸の先をちろりと舐められたら、甘ったるい声が漏れてしまった。摑まれた腕を振り払う力もないのに、勝手にくねる体がおかしい。

「も、これ以上、は」

触れられ続けていたら、また火がついてしまう。

厚い胸を押して退けようとしたが、今度は右胸の膨らみに頬を摺り寄せられた。

「素直に言わないと、もう一度啼《な》かせるけど、いいのか？」

「え、あ」

もう一度。嫌ではないから、返答に困る。

「白井に、何を言われた？　ちゃんと話してくれ」

本気で心配している顔だ。倫太郎のもとに戻った白井が、何か言ったのかもしれない。でなければ、様子がおかしかったとか。胸もとをくすぐる黒髪に身悶えつつ、すこし考えたものの、七香は「実は」と打ち明けた。

白井に嫌味を言われて、しっかりやり返してしまったことを。

「く、くはっ……七香らしいというか、くくく、くくく」

途端に突っ伏して肩を揺らす倫太郎に、ごめんなさいと七香は詫びる。

「あとでちゃんと、お詫びの品でも用意するね……」

「いや、気にするな。白井は自業自得だ。野々花はどう見ても俺の子なのに、未だにそんなふうに言うなんて。ああ、しかし、それで、だったんだな。スーツを持って帰ってきた白井が、やけに不機嫌だったのは」

納得した、という口調だった。

真上から鼻先をちょんとくっつけ、倫太郎はしみじみ言う。

「七香は強いな」

「……そりゃ、母ですから」

「それだけじゃない。出逢った頃から、七香は強かった。タフで、肝が据わってて、人生を悟っているようなところが、十四も年下には見えなくて」

そんなふうに思っていたのか。初耳だ。

見上げた瞳は瞼の向こうにあって、今ではないどこかを見ているかのよう。

「そんな七香だから、甘えてほしいと思った」

「え……」

「俺の前では、強がらなくていい。弱音だって、ちゃんと聞かせてくれ。と、言ったら余計に強がらせるだろうから、できれば言わずに瓦解《がかい》させてやりたかったんだけどな」

なかなか動物園のときのようにはいかないな、という呟きに、離れていてもどれだけ想われていたのかを実感して、動けなくなる。

「留守を預かってくれてありがとう、俺の奥さん」

囁いた唇が近づいてくるだけで、意識が飛びそうだった。

触れ合う寸前で瞼をぎゅっと閉じると、くすっと笑われる。

「素直に言わないともう一度抱くって話、撤回していいか？」

返事をするより先に、唇の先に柔らかいものがそっとあたった。

ゆっくりと、左右に擦り付けられる。羽のようなくすぐったさに、顎が震える。

「いい、よな」

上唇をチュ、と啄まれたら、つま先が空を掻いていた。触れ合っているのは唇なのに、体の奥のほうがもっと落ち着かない。

縋るもの欲しさに倫太郎の首を抱き寄せると、耐えきれない様子で唇を割られた。

膝の間に入り込んでくる腰は強気で、朝までこうしていたいと密かに思った。

7、パンと夜間病院と急転直下

ついにやってきた幼稚園の面接当日、野々花は意外とリラックスしていた。

「では野々花ちゃんに質問しますね。泣いてるソフトクリームマンはどれ？」

動物柄のエプロンをつけた先生に優しく問われ、笑顔で人形を指差す。

「……これっ」

「そうだね。次は笑ってる顔、教えてもらえるかな」

「これとこれ！　……っくちゅん!!」

「あらあら、かわいいくしゃみ」

予想どおりさほど堅苦しくはなく、いくつかの簡単な質問を済ませただけで、即日合格を告げられた。受験者数が定員に満たなかったと保護者が噂しているのが聞こえたから、ほぼ全員合格だったのだろう。

白井いわく父親に関しての書類は理事長が内々に処理してくれるそうで、実際に現場にいる先生方には知らされもしないとのことだった。

「さーて、今夜はパーティーだー！」

「ぱーてぃっ、ですっ」

「わあ、敬語が身についたね、のの」

よそゆきのワンピースで気取る野々花の手を引き、帰路につく。

倫太郎も今夜は、早く帰ってくると言っていた。

野々花の合格祝いと称して、ご馳走をたくさん作ろう。フライドチキンにチーズフォンデュにまるごとオニオンフライ、パスタに手巻き寿司——。

(カロリーは今夜だけ無視無視っ!)

うきうきしながら、交差点の角にあるお洒落なオープンカフェに差し掛かる。

通り過ぎようとすると、テラス席にいた若い女性グループの会話が聞こえてきた。

「倫太郎社長の番組、観た？　先月からやってる、移住のやつ」

聞き慣れた名前に七香はどきっとしたが、野々花は気づかずスキップしている。

「あ、私、見逃し配信で観た！　不動産王で社長であのイケメンで、MCまでできるってどうなの？　完璧すぎない？　サイボーグなの？」

「あはは、だね。でもさ、朝、情報番組でコメンテーターをしてるときのほうがその感覚、強くなかった？　今回の番組はわりと人間らしいっていうか」

わかる、と七香は胸の中で相槌を打つ。

初回からカジュアルだった倫太郎は、回を追うごとにさらにラフになりつつある。

前回の衣装はアロハシャツで、自宅でもそんな姿は見たことがなかったから、七香も画面に映るたび、本当に倫太郎だろうかとまじまじ見てしまった。

女性は言う。

「倫太郎社長、ちびっこの感動エピソードが出たあと、涙ぐんでたね。いいパパになりそうー、って思っちゃったよ」

「私も思ったー。倫太郎社長って三十九だっけ。小学生くらいの子供がいてもおかしくない年齢なんだよね。でも難しいかなあ、あんな事件があったらさ」

「事件？　ああ、グラビアアイドルが倫太郎社長のファンに殺害予告受けたやつ？」

「えっ。なにそれ、私知らない。だけどそんなことがあると、結婚なんて遠のきそう。仮に相手がいたとしても、表には出せないよね、怖くて」

七香は驚いてしまった。

結婚とか子供とか、倫太郎に対してそんな意見は今まで聞いたことがなかった。

倫太郎が自ら独身を売りにしているわけではないのだが、女性たちは皆、倫太郎を独身だからこそいいとか、理想の王子様として見る向きが多かったのだ。

（これって、倫太郎さん、予想してたのかな？　知ってるのかな）

いや、帰宅したら伝えよう。

世間は、倫太郎が子持ちでもいいという風潮になりつつあること。

そんなことでパーティーのための食材を山ほど購入し、軽い足取りで帰宅。

簡単に昼食をとり、午後は昼寝、さらに起き出しておやつを食べ、幼児番組を観つつ夕食の準備……を、始めるはずだった。

「……まま、のの、ねむい」

テレビの前にいた野々花が、そう言ってカーペットの上に転がる。いつも歌に合わせて踊ったり歌ったりするのに、珍しいことだ。

気の所為か、頬も赤い。

もしやと熱を測ったら、八度五分の表示が出た。

「うわわ、お熱だ。そういえば日中も、くしゃみしてたっけ。お薬……っと、その前に何か食べられる？　お腹は空いてる？」

「すいてない……ぱーてぃする……」

「そうだね、パーティする予定だったよね。でも、明日にしよう。パパもママもののが休んでる間に勝手にパーティーしたりしないから。ね？」

「ん」

頷いて、もったりと寝返りを打つ姿が痛々しい。

ひとまず解熱剤を飲ませ、寝室までは抱いて行った。

疲れだろうか、風邪だろうか。流行病《はやりやまい》の類《たぐい》ではありませんようにと、しんどそうな寝顔を見下ろして思う。代わってあげられたらどんなにいいだろう、とも。

朝まで様子を見て、熱が下がらないようなら、かかりつけの小児科に連れて行こう。

そう決めて、玄関に通院用のバッグを持って行った直後だ。

くらりと、目の前が歪んだ。

(えっ)

なんだろう。突然のめまい。気の所為か、体も熱い。

恐る恐る体温計を脇に挟むと、三十九度の表示が出て七香は愕然とした。

「そんなバカな……」

結婚してからこのかた、熱なんて出したことはなかったのに。

しかし七香まで発熱したとなると、野々花の熱も恐らく、単なる疲れから来たものではない。感染する病と見て、間違いないだろう。

倫太郎は大丈夫だろうか。もし元気なら、今日はホテルにでも泊まってもらわなければ。感染させては申し訳ない。常備薬を飲みつつ、メッセージを送る。

すぐに電話がかかってきた。

『七香？　大丈夫か。熱は』

「解熱剤を飲んだから大丈夫。倫太郎さんは？　体調崩してない？」

『俺は問題ない。とりあえず、今からドラッグストアに寄って帰るよ。何か欲しいものはあるか？　ゼリーくらいなら食べられるか？』

矢継ぎ早に尋ねられ、七香は焦ってしまう。

「待って。元気なら、倫太郎さんは帰ってきちゃダメだよ。移しちゃう」

『そういう問題じゃないだろう。家族なんだから、こんなときに助け合わなくてどうする。もし七香が動けなければ、誰が野々花の面倒を見るんだ』

「で、でも、お仕事に穴を空けちゃったら……」

『公人だって芸能人だって病気くらいする』

カーナビの音声が聞こえてくる。倫太郎が車を発進させたのだ。

直後に通話は途切れ、それから玄関のドアが開くまでの記憶は七香にはない。気づけばベッドの上、野々花の隣に寝かされ、額に冷却シートを貼られていた。

「あ……倫……」

「無理して喋らなくていい。そのまま寝ていてくれ」

「まだ熱は高いが、俺がついてる。心配しなくていい」

「……ごめん……」

「どうして謝るんだ。それを言うなら、ありがとう、だろ」

倫太郎にそう言われても七香はまだ申し訳なく、しかし内心、安堵していた。

もし倫太郎が帰ってきてくれなかったら、母に来てもらおうかどうか、悩んでいたところだ。母は高齢で体もあまり強くないから、流行病はできれば移したくない。

だが野々花を放っておくこともできない。

（よかった……倫太郎さんが、いてくれる）

部屋の中に倫太郎の気配があるだけで、全身から力が抜ける。

気絶するように眠りに落ち、迎えた翌朝のこと。

「……なな。七香。ちょっといいか」

倫太郎の声で、薄く瞼を開く。

「倫太郎さん……」

全身が重く、頭を持ち上げようとするとずきんと痛む。

思わず眉を顰めたら「小児科に行ってくる」と倫太郎は言った。

「小児科……？」

「ああ。野々花が夜中にひきつけを起こした。多分、熱性けいれんだろうと思う。念のため、かかりつけ医に診てもらってくる。野々花の保険証は、玄関の鞄の中か？」

「えっ」

ひきつけ。

慌てて隣の野々花を確認しようと体を起こしたものの、ふらついて壁にもたれる。

途端、壁の時計が目に入った。八時……ぼんやりした頭で、おかしいな、と思う。八時。何かがおかしい。だが、何がおかしいのかわからない。

七香がその答えにたどり着けないうちに、倫太郎は「生放送は休んだから安心していい」と言って、七香の上半身を支えて起こした。そうだ、生放送。

「どうする？　七香も一緒に行って、内科にかかるか？」

「そんな、悠長なことを言っている場合じゃ……お仕事、今からでも……っ」

「それはもういいから、七香は自分の体のことを考えてくれ。俺には、家族の健康より大事な仕事なんてないんだ。それで？　病院はどうしたい？」

「わ、わたしが連れて行く」

混乱しすぎてどこから考えたらいいのかわからないが、とにかく倫太郎に野々花の通院を任せるのはいけない。どこで誰に目撃されてしまうかわからない。焦ってベッドを下りようとした体はふらつき、スーツの左腕にやすやすと捕まえられてしまう。

「だめだと言っているだろう」

冷静に、ぴしゃりと咎《とが》める声だった。

「野々花のことは、今は俺に任せてくれ。悪いようにはしない」

「……けど」

「これまで、俺が七香たちを危険に晒したことがあったか？　なかっただろう。頼むから、俺を信じてほしい。行き先だって小児科で、遊びに行くわけじゃないんだ」

それはそうかもしれないが、七香は不安でたまらなかった。

（危険すぎるわ。でも……）

ベッドに横たわる野々花はぐったりしていて、呼吸をするのも辛そうだ。ひきつけなんて初めて起こしたし、病院に連れて行かないという選択肢はない。

「七香」

諭すように呼ばれ、七香はしぶしぶでも覚悟を決める。

今、野々花を任せられるのは倫太郎だけだ。小さな野々花を、しかもこんなに弱っているときに、他人の手に託すなんて考えられない。

「……わたしのことはいい……から、野々花をお願いします。玄関にあるトートバッグに、保険証と母子手帳とお財布が入ってる……」

「わかった。行ってくる」

こうなったら信じるしかない。

もし見破る人がいたとしても、病院内だ。皆、調子の悪い子供を連れた保護者なのだ。倫太郎がぐったりした子供を抱いているとわかれば、騒ぐ者などいないはずだ。

倫太郎はサングラスとキャップで変装し、もし具合が悪くなるようならタクシーを呼んで病院へ行くようにと言い残し、野々花を抱いて部屋を出て行った。

母が部屋にやってきたのは、ほどなくしてだ。

「大丈夫？　七香、何か食べられる？」

倫太郎から、いざというときは頼むと一報を受けて慌ててやってきたらしい。

感染《うつ》しては申し訳ないからと帰そうとしたのだが、笑顔で言われた。

「こんなときくらい、甘えてちょうだい。私がこんなにいいマンションで暮らせているのは須永さんのおかげだし、してもらうばかりじゃ肩身が狭いわ」

キッチンから聞こえてくる軽快な包丁の音を聞きながら、とろとろと浅い眠りに落ちる。そして七香はしばらく、夢を見ていた。

野々花を授かる前。付き合い始めて間もない頃に、倫太郎が七香と結婚させてほしいと、挨拶しに来た日のこと。

――家族が欲しいんです。よろしければ、三人で一緒に暮らしませんか。生活しやすい環境に、二世帯住宅を新築する準備があります。

予想外の申し出に、七香は仰天した。

母の面倒も見る、というのは告白されたときに聞いた言葉だ。が、それは気にかけてくれる程度のことだと思っていた。結婚してからも、母の生活は七香が自力で稼いで、支えていくつもりだったのだ。

――待って。わたし、倫太郎さんにそこまでしてほしいわけじゃないわ。

ただでさえ七香はまだ学生で、倫太郎とは年齢的にも立場的にも見合わない。

彼に好かれているだけで奇跡なのに、家族の面倒まで見てもらっては、お荷物もいいところだ。母ももちろん、遠慮すると断った。

しかし倫太郎は『これは俺の我儘だから』と譲らなかった。

――工事現場も、キャバクラのバイトも、七香がどうしても続けたいと思っているのでなければ辞めていい。そのぶん、俺の側にいて欲しい。

いっそ身を引いたほうがいいのかもしれないとさえ思った。悩みに悩んで、結婚の話は少し待ってほしいとお願いしたくらいだ。結婚したくないわけではないけれど、このままでは倫太郎に頼りきりになりそうで、それはあまりにも申し訳なかった。

だから倫太郎がぽつり、子供が欲しいと零したとき、心の底からうれしかった。

――じゃあ……授かったら結婚、する？

学業と子育ての両立が容易でないことは予想できたが、それでもかまわなかった。胆力以外に取り柄のない、こんな自分が倫太郎に与えられるものがあるのなら、喜んで差し出したかった。そうして初めて、対等に愛していると言える気がした。

「ん……」

眠っても眠っても浅いまま、何度目かの寝返りを打ったときだ。

ただいま、と耳慣れた声が聞こえてきたのは。

「ちゃんと寝てたか？」

飛び起きると、廊下に倫太郎が立っている。その腕に抱かれた野々花は、出掛けて行ったときよりずいぶんすっきりと、顔色がよくなっていた。

聞けば点滴を打ってもらい、熱が下がったらしい。針を刺すときに暴れて大変だったそうだが、ベッドサイドでアニメのDVDを流してもらい、無事に済んだとか。

診断はいわゆる風邪。疲れと重なって、一時的に高い熱が出たのでしょう、とのことだった。

「まま、だいじょぶ？」

神妙そうな顔で尋ねられ、思わず笑ってしまう。

「ありがとう。ママは大丈夫。ののは？」

「のの、げんき！　あいすたべるっ」

「ああ、そうだったな。帰りに買ってきたんだ」

倫太郎が買い物袋を下ろそうとすると、母がやってきてすかさず受け取った。

「すみません、お義母さん」というすまなそうな声と「ばあばがいるっ」という嬉しそうな野々花の声が重なって、一家勢揃いの光景にほっとした。

（よかった。みんな、いる……）

途端に眠気に襲われて、深い眠りに一気に落ちた。

目が覚めたのは、二時間後だ。

なんだかとてもお腹が空いて、起きようとすると、倫太郎が食事を持ってくる。梅干しを一緒に炊いた、シンプルな梅がゆ。幼い頃からの、風邪のときの定番だ。

「倫太郎さん、ありがとう。野々花のこと、本当に助かっちゃった」

懐かしい味をすっかり胃袋に流し込んで、ごちそうさま、と手を合わせる。

倫太郎はベッドの上に置かれた小テーブルを食器ごと退《ど》かしつつ、優しく笑った。

「同じ親なんだから、お礼を言うことじゃないだろ。しかし、これでやっと親らしいことができた気がするな」

「やっと？　倫太郎さんは、ずっと親らしかったわ」

表立って父親だと言えなくても、倫太郎は親の役割を充分こなしてくれている。

しかし今回は、特に助かったと思った。

倫太郎がいなかったら、七香は野々花のひきつけに気づいてやれたかどうかわからない。母の助けがあったとしたって、病院に連れて行くのも難しかったはずだ。

それなのに「そうか？」と、倫太郎は疑わしげだ。

「まだまだだろう。いや、自分で言っておいてなんだが、俺、そもそも親らしいことがなんなのか、きちんとわかっているわけじゃないんだよな」

すぐには返答できなかった。

思い出すのは、先日、倫太郎とデパートのおもちゃ売り場で出くわしたときのこと。

幼い頃の倫太郎は、欲しいものがあれば父の秘書が買ってきたと言っていた。

秘書が親の役割も担っていたのだろう。すると、甘えられる相手ではなかったはずだ。

年齢的にも、立場的にも、釣り合わないと思っていた人。

最近は、それでも通じ合うものがあるからこそ、惹かれ合った気がしている。

「……わかってると思うよ、倫太郎さんは」

「うん？」

「家族が全員笑っていられたら、それがきっと、その家族にとっての正解だものね、と笑いかけると、倫太郎は目を丸くする。

それから何か言いたげに唇を開いたものの、あえてというふうに呑み込んで、ベッドサイドに腰掛けた。

「そうだな。今日ばかりは、素直に受け取っておく」

「どういうこと？」

「いや。もっと要求してほしいと、いつもなら言うところなんだ。が、よく考えてみれば今回はわりと、甘えてもらえた気がしている」

「ありがとう」と、大きな掌が頭を撫でてくれる。

「お礼を言うのは、わたしのほうだと思う……」

「俺にとっては、これが正解なんだよ」

いたずらっぽく言う倫太郎の優しさが、じんと胸に熱かった。

感激していると、視界に影ができる。

そうしてあたりまえのように口づけられそうになったから、七香は布団を被った。

「なんだ。今のはキスの流れだっただろ」

「今日はダメ。倫太郎さんに感染したくないもん」

「感染したほうが早く治るっていうぞ」

「迷信!」

執拗に迫る倫太郎と、ちょっとした攻防戦になる。

布団に包《くる》まって逃げても、布団を剥がされ押し倒されて。

近づいてくる顔を退けようと両手で押し返したが、その手を摑まれ組み伏せられた。

もともと敵《かな》う力ではないけれど、熱で体に力が入らないのもいけなかった。

「だ……っめ、ぇ」

「いいだろ。覚悟して全部、俺に寄越せばいい」

顔を近づけながら微笑まれたら、目が離せなかった。

だめ。だめだ。念じるのに、動けない。唇は、みるみる近づいてくる。

「七香……」

吐息が鼻先にかかり、ほんのり温かい。もう……これ以上は、もう。

ぎゅっと目を閉じ、顎を引いて固まる。

そのときだった。

「まま－、あいすっ」

叫びながら、野々花が駆けてくる。ベッドに飛び乗り、倫太郎を押しのけるようにして、七香の枕もとにカップ入りのバニラアイスをぽんと置く。

「おみまいっ。どーぞっ、です……ふ、へっくしゅ！」

途端、小さな体は反動で、後ろにころんと転がった。

そう、まるで、ぬいぐるみのように。

慌てて後頭部を抱きとめた倫太郎と、目を見合わせて笑ってしまう。

「っな……なに、今の。くしゃみで、転ん……っあは、あははっ」

「くく、大丈夫か、のの。く、くく、かわ……っ」

ベッドに突っ伏して身悶える骨太の背中からは、娘への愛おしさが滲み出ている。

どんな立派な肩書きがあろうと、お茶の間人気が凄まじかろうと、娘の前ではかたなしだ。そんな倫太郎が誰より素敵で、魅力的であることを、七香は知っている。

「ふふ。ののの、ありがと。アイスを食べたら、ママとお昼寝しよっか」

「うんっ」

しかし、呑気に笑っていられたのはこの日までだ。

翌日、仕事を休んで食料品の買い出しに行った倫太郎が、青い顔で戻ってきた。

「七香、明日からしばらく野々花を連れて外に出るな」

緊迫感のある声に、七香は野々花と遊ぶ手を止める。

「どういうこと？」

「エントランスに記者が張り込んでいた。標的は俺らしい」

「そんな、どうして。ううん、まさか昨日、どこかで撮られた……？」

「わからない」

スマートフォンを操作し始めた倫太郎は、ほどなくして眉根をぎゅっと寄せた。

咄嗟に、その画面を覗き込む。表示されていたのは動画投稿サイトで、画面には点滴を嫌がって泣く野々花と、なだめる倫太郎の変装姿が映し出されていた。

ハッシュタグの中には倫太郎の名前、さらに『隠し子？』という言葉も見える。

「こんな、悪趣味だわ……！」

野々花の顔にはモザイクがかけられているが、だから大丈夫だとは言えるはずもない。具合の悪い子供を盗撮して晒すなんて、どうかしている。

「すまない。気付けなかった俺に非がある」

「あるわけない！」

倫太郎は一生懸命だったのだ。野々花が泣き喚いていれば、ほかのことに一瞬、気が回らなくなることもある。ましてや熱があったのだ。必死にもなるだろう。

しかし見る者に言わせれば、倫太郎の事情は関係ないに違いない。

というのも、たった一晩で、多くの人がその動画に『いいね』を押していた。めまいがした。何がいいのだろう。まったく理解できない。

その日、七香はしばらく野々花を自宅から出さないと決めた。

万が一にでも倫太郎の娘とわかれば、どうなるかわからない。

それは倫太郎と七香が出産に際し、もっとも恐れた事態だった。

＊＊＊

だから言ったのです、と白井は苦々しげに言った。

「早々に離縁しておけば、こんなことには……。どうして小児科になど出かけていったのです。七香さんにお任せすればよかったではないですか！」

「おまえも同じ状況になってみればわかる」

マスコミを撒《ま》いてたどり着いた社長室、倫太郎は煩わしげにネクタイを抜く。

まったく予想していないわけではなかった。

マスコミは倫太郎の愛車やナンバーを把握している。出かければ尾行されるのはわかっていたし、あの晩、七香には大丈夫だと言ったが、危険性は把握していた。

だが、それでも行かねばならなかった。父として、幼い娘を助けてやりたかった。

七香が動けたかどうかは別として、あの状態の我が子を放っておける親はいない。

「ひとまず、社員用の仮眠室をひとつ空けました。一旦お休みください。昨夜、眠っていらっしゃらないのでしょう。顔色がよろしくありません」

「いや。緊急で会見を開く。各社に通達してくれ」

白井の眉間に神経質そうな皺が寄る。

「策も練らずに、何をお話しになるおつもりですか」

「全部認めて、詫びる。結婚していることも、子供がいることも」

家庭を持ったことが罪だったとは言わない。

だが隠し続けてきたこと、世間を騒がせていることについては詫びたいと思う。

白井が動かないので自ら内線で広報部に連絡を入れようとしたら、阻《はば》まれた。

「お考え直しください」

メガネのレンズ越しに、厳しい視線を向けられる。

「今ならまだ、他人の空似で逃げることもできます。マスコミには手を回して、ひとまず黙っていただいていますから」

「これ以上逃げるのは、得策でないと俺は考えている」

倫太郎は知っている。

このところ須永倫太郎に対する、パブリックイメージが変化しつつあることを。

そのための冠番組だ。あえて、生活感を出した。

（本当は、自ら番組を通して明らかにしたかったんだが）

ここが限界なのだろう。

野々花と七香が同時に熱を出すという機会が、今までなかったことが奇跡なのだ。

七香が人並みはずれて丈夫で、体力もあったおかげだ。

しかし野々花が幼稚園に入園し、集団生活が始まれば、流行病に触れる機会も増える。そのとき倫太郎が何もできないことへのリスクと、ファンによる過激な反応のリスクと、比べたらもはや五分五分だ。

なにより、もうごめんなのだ。

家族が苦しんでいるとき、何もできない自分でいるのは。

「退いてくれ、白井」

「いいえ、退きません。どうしても記者会見を行うとおっしゃるのであれば、私の首を切ってからになさってください。社長に辞めろと命じられるのなら本望です」

「そんなこと、できるわけがないだろう」

結婚当初、七香は若かった。

白井が反対するのも無理はないと思っていた。しかし今や結婚五年、陰ながら倫太郎を支えてきた七香への評価はもっと上がってもいいはずだ。

「何故、それほど頑なに七香を認めようとしない？」

「社長こそ、どうしてそんなに義理堅いのですか。周囲にばかり気を遣って、いつか己が折れる日が来るとはお思いにならないのですか」

「どういう意味だ」

問いかける倫太郎を、歯がゆそうに白井は見つめ返す。何か言いたげな雰囲気だ。

が、ぐっと奥歯を噛んで、こらえたらしい。冷静さをどうにか引き留め、言った。

「今、独断でご家族の存在を明らかにするのは、ＰＤに牙を剥く行為も同然です。Ｐ

Dはあなたの人気が失墜することを決して望みません。彼を裏切れば、ご家族もろとも、どんな仕打ちを受けるか……考えていらっしゃるのですか」

「もちろん、策はある。須永不動産にも、迷惑は掛けない」

批判はすべてひとりで受け止める。

倫太郎の覚悟は決まっていたが、白井は摑んだ手をまだ離さなかった。

「そういうことならなおさら、許すわけにはまいりません」

「白井」

「私はあなたが学生の頃から見守ってきた身です。これ以上、あなたがご自分を犠牲になさるのを、みすみす見逃すことはできません」

そこで、場の空気に穴を空けるようにスマートフォンが鳴る。PDだった。

今一番、話したくない相手だ。が、話さねばならない相手でもある。腹を決める。

「はい、須永です」

受話ボタンを押したら、直後に『倫太郎社長さぁ』と不機嫌そうに言われた。

『すんごい話題になってるじゃない。子供って本当？　聞いてないんだけど』

「申し訳ありません。言い訳をするつもりはありません」

『へえ、本当なんだ。そっか。わかった。ま、倫太郎社長、モテ男だもんね。いるよね、隠し子のひとりやふたり。でも、言ってもらえなかったのは悲しいなあ。俺と倫太郎社長の仲なのに。ひとまず、公の場で謝罪したりしないでよ？　今のところ、まだ誤魔化しはきくんだからさ』

つまり彼は倫太郎に子供がいることを公表するつもりはないのだ。

どうする？　と己に問いかけて、倫太郎は密かに考える。ひとまず、すぐさま記者会見を開く手はなしだ。ＰＤの出方を見極める必要がある。

問題はない。

いつの日か必ず、ＰＤと袂《たもと》を別つ日が来ると信じて準備を整えてきた。

腹ならとうに、決まっている。

8、あの晩のことと、この先のこと

マンションの外に出られなくなってから、一週間——。

空はどんよりと重く、淀んだ雲に塞がれていた。

大粒のビーズを転がしているみたいに騒がしい雨音の中、野々花はお昼寝布団の中で熟睡している。柔らかく上下する掛け布団が、どことなく幻想的だ。

すぐ隣の床に座り込んだまま、七香はぼんやり思う。

（こんな雨の日だったな……）

倫太郎と付き合い始めて、何度目かのデート。

山へドライブへ行く予定だったが、この雨では景色を楽しむのも難しいだろうからと、行き先変更、急遽、倫太郎の部屋で過ごすことになったのだ。

リビングに通された七香は、いつになく緊張していた。

倫太郎の部屋にやってくるのは二度目。大熱を出して、拾われたときが一度目。

あのときはまだ、恋になるかどうかもあやふやな時期だった。倫太郎はずっと年上で、異性というより格上の生き物で、自分が恋愛対象になるとも思えなかった。

けれど今、すでにふたりは恋人同士だ。
『コーヒーでも飲まないか？　それとも、紅茶のほうがいい？』
『……へっ⁉』
背後から声を掛けられて飛び上がると、呆れ顔で笑われた。
『あからさまに緊張するなよ。大丈夫、無理に押し倒したりなんかしない』
頭を大きな手でわしゃわしゃっと撫でられ、のぼせそうになる。
（意識しすぎてるの、自分でもわかってる）
それでも、抑えるなんてできそうになかった。倫太郎の部屋。ふたりきり。そして
ふたりはまだ、キスすらしたことがないのだ。
人目を気にしなくていいというだけで、気絶しそうになる。
『で？　コーヒー？　紅茶？』
『紅茶、で、お願いします』
『声が裏返ってるぞ』
『どうして聞かなかったことにしてくれないの……！』
『いや、だって、可愛いから』
『か……っ』

『へえ、史上最高に真っ赤』

かたや倫太郎はいつもよりすこし意地悪で、そんなところにもどきどきした。

なんとなくぎくしゃくした雰囲気のまま、ソファに並んで映画を観る。

倫太郎が気になっていたという、ハリウッドのアクション映画だ。ボタンひとつで最新作がレンタルできると知って目から鱗《うろこ》だったいっぽう、倫太郎がこういうデートに慣れて見えるところに少しだけもやっとした。

雨は、弱まる気配がなかった。

倫太郎はランチを外で食べるつもりだったようだが、諦めて、手製のサーモンクリームパスタを振る舞ってくれた。

『……おいしい！　お店で食べるみたいっ』

『褒めすぎだ』

『そんなことない。すっごく、すっ……ごくおいしい！』

お腹が膨れたら緊張がようやく解けて、それからすこし、ダイニングテーブルで向かい合ったまま、倫太郎の仕事の話を聞いた。

不動産取引の話。海外での不動産の価値。デベロッパーとして都市開発に携わっていること。ハワイにあるコンドミニアムについて聞いたときは（芸能人って本当にハワイが好きなんだな）などと思ったりしたが、世界中の物件を近所のように話す倫太郎は生き生きしていて、天職なのだとはっきりわかった。

『好きなんだね、お仕事』

『ああ。家業でなくても携わっていただろうと思うよ。で？　七香は？』

『わたし？　えーと、工事現場の話と、キャバクラの話、どっちがいい？』

『いや、仕事の話じゃなくてさ。ほかにもっと、七香のことが理解できそうな話』

ざっくりした問いかけに一瞬困ったが、七香はすこし考え、口を開いた。

『わたしは……その、倫太郎さんみたいに高い志《こころざし》とかはなくて。けど、そうだなあ。家族にはいつか、楽をさせてあげたいと思って生きてきた、かな』

『七香らしいな。苦学生だって言ってたもんな』

『あっ、でもね、お金がなくても、大変な思いだけしてきたわけじゃないんだよ。お父さんってば、熱を出して寝込むといつも、退屈だからってわたしをトランプに誘うの。お母さんには怒られるんだけど、お父さん、懲りなくて。そのうちお母さんも交じって、トランプ大会になるんだ。楽しかったなあ』

『はは、いいな、そういうの。しかし、そうか。大変な環境でも七香がまっすぐ育ったのは、愛情面で恵まれてたからなんだな』

その頃にはすっかりいつものペースで、ふたりで並んでキッチンで洗い物をした。

それから紅茶を淹れ直し、バラエティ番組を観たりもした。

倫太郎が笑うたび、ソファがかすかに揺れてこそばゆくて……。

(本当に、何も……しないのかな)

余裕が出てきたぶん、すこし、気になり始める。

手だけは、繋いだことがある。けれど、それも数えるばかり。

人目があるところでは、倫太郎が週刊誌を警戒しているから。七香もなるべく距離を置いて、いざというときには言い訳ができるよう、気をつけていた。

でも、ここでなら。手を握るくらい、してみてもいいんじゃないだろうか。

『どうした？』

ぼんやりしていたら顔を覗き込まれ、不思議そうに問われた。

『眠いか？　膝枕でもしてやろうか』

『い……いえいえいえ！　あいにくばっちり間に合ってますっ』

『なんだそれ』

ふいに浮かんだ笑顔さえ、こなれて見えて恨めしかった。

お開きになったのは、午後三時。

翌日、倫太郎が早朝から仕事なので、早めに帰ることは最初から決まっていた。騒がしく雨音が響く地下駐車場、なんとなく惜しい気持ちで車の助手席に乗り込む。

（次は、いつ逢えるんだろう）

尋ねてもいいものだろうか。

毎回、迷ってしまう。というのも、七香は倫太郎と一緒にいて楽しいが、倫太郎はどうなのか……きちんと楽しんでくれているのかどうか、自信がなかった。

会って、食事して、会話をして。これではなんだか、倫太郎が『ダイヤモンド』に客としてやってきたときと、さほど変わらない。

退屈させてしまっていないだろうか。そのうち、もういい、と言われやしないか。考えすぎかもしれないか、つい、心配になってしまう。

すると、七香のバッグの中でスマートフォンが鳴った。

キャバクラの客からだ。今日、お店に行くよ、という。

『ごめんなさい。「ダイヤモンド」のお客さんからだ。返信しちゃうね』

営業のメッセージには即レスが鉄則だ。それを、倫太郎も知っている。

シートベルトをつけ、画面を操作していると、ふいに視線を感じた。

倫太郎がハンドルに両肘をかけて寄り掛かり、じいっとこちらを見ている。

『……えっ』

なんだろう。

こんな目は見たことがない。

何か言いたげな。不本意そうな、拗ねているふうな……。

『妬《や》いてないと思う？』

唐突に問われて、どきっとする。

『は……え、えと』

妬く？　倫太郎が？

何を言っているのだろう。わからなかった。

『きみがほかの男に返信している間、俺が平常心でいると思う？』

気遣い上手な倫太郎にしては珍しく、突っかかる口ぶりにどきっとする。

焦った頭では、懸命に考えても、倫太郎の言葉の意味は理解しきれない。

しかし、怒らせてしまった。それだけは間違いないようだった。

『ご、ごめんなさい。これからは、スマホは見ないようにする……』

『いや、そういうことじゃない。営業するのに、文句をつけたいわけじゃない。ただ、その行動で俺を煽ってるってことは覚えておいてほしい』

『……煽ってる……？』

『せっかく、どうにか我慢したのに』

真意を汲み取りかねて戸惑う七香に、倫太郎は左手を差し出す。人差し指の背で右頬に触れ、そして——。

するりと、首すじに撫で下ろした。

（……あ）

物欲しそうな指。

倫太郎の言わんとしていることを察し、じわじわと七香は赤くなる。

それきり倫太郎が別人に見えて、帰りの車内、何も言えなくなってしまった。

『じゃあ、また。お義母さんによろしく』

別れ際、普段どおりに言われても、七香は頷けなかった。

『七香？』

『……』

どうして今日、部屋に入ったとき、意識しすぎてしまったのだろう。

あんな態度を取られたら、誰だって、手を出さないと前置きせざるを得ない。

（本当は、わたしだって……触れたかったのに）

倫太郎は余裕だなんて決めつけて、我慢させていることに気づけなかった。自分ばかりいっぱいいっぱいで、不慣れで、子供っぽくて、まったくいやになる。

倫太郎が心配そうに、助手席を覗き込む。彫りの深い、目頭のくぼみに溜まったような影が恋しい。一瞬、雨音が遠ざかる。

瞬間、七香は運転席に向かって体を傾けた。

火照った額を、倫太郎の胸に押し当てる。

すりっと擦りつけて、どうにか、離す。精いっぱいの、勇気だった。

『……っ、では、また』

それだけ絞り出すと、大雨の中に飛び出す。

振り返る余裕もなく、自宅アパートまで駆けた。雨に濡れても、頬が熱い。息が止まりそうだ。玄関先でポケットに鍵を探すも、指が震えて摑み出せない。

こんな感覚は初めてだった。自分の体が、自分のものではないような――。

まごつきながら、ドアノブに手を伸ばす。と、その手を後ろから摑まれる。

『攫《さら》っていいか』

倫太郎だった。

『夜までには帰す。だから、それまで』

マンションに戻り、もどかしく初めてのキスをした。
雨でびしょ濡れになった服を、乾燥機に入れる余裕もなかった。もつれ込むように
ベッドに上がると、倫太郎の匂いで満ちていて、感極まってしまいそうになる。
肌をなぞる指先が、己の輪郭を七香に自覚させていく。七香、と優しく呼ぶ声は耳
から落とし込まれ、そわそわした戸惑いをなだめられる。
重なった肌はしっとりと、貼りついて離れられなくなりそうで——。
『苦しく……ないか。大丈夫か』
『ん、へい……き』
『嘘つけ。痛いなら痛いと言ってくれ。それでも……逃がしてやれないが』
いつになく強引な腕の中、逃すまいと連ねられるキスに酔う。
ベッドが揺れ始めると、ルームランプのほのかな光が倫太郎の濡れた髪に、額に、
まつ毛にきらきらと、小さくまたたいて宇宙にいるみたいだった。
倫太郎からカードキーを渡されたのは、日が暮れて、もう一度車に乗ったときだ。
『これ……倫太郎さんの部屋の鍵？　いいの、わたしが持ってて』
『七香にだから、持っていてほしいんだ』
長方形で薄い、鉄道系の乗車カードのような鍵。七香の自宅の、金属でできた鍵よ

りずっと軽い。けれどその意味の重さに、指が震える。

『結婚の話、お義母さんも一緒に暮らすかどうかって話で一旦止まってるだろう。だが俺は、本当のことを言うと、もう耐えきれないところまで来てる』

『……倫太郎さん……』

『ただ側にいてほしいんだ、七香に。一分一秒でも長く』

どれほど強く求められているのか、眼差しの強さで理解する。

『白状すると、昼間のうちに渡そうと思ってたんだけどな、それ』

照れたふうに他所《よそ》を向く瞳に、緊張していたのは自分だけではないと知った晩。

『ダイヤモンド』に、やめさせてほしいと連絡を入れた。

退店前に一度、お得意さまを呼んでパーティーでもとママは言ってくれたが、倫太郎の前でほかの男性の隣に座るのは避けたくて、断った。

その頃から、倫太郎はよく家族がほしいと言うようになった。

娘でも息子でもいい。何人でも欲しい。

そして孤独だった過去の話も、ときおり、語ってくれるようになった。

大雨の午後、寝起きの野々花はぐだぐだだった。

「まま、こうえんいきたい……」

べそをかきながら、洗い物をしている七香の脚に絡みついてくる。

「こうえん、こうえん」

「ママも行きたいけど、ほら、今日は雨もすごいし。ねえのの、我が家にはおうちで砂遊びができるセットがあるじゃない？　あれでママと遊ぼうよ」

「……やだ。おそとでおみずびちゃびちゃしたい」

「う、うーん、じゃあお風呂場で何かする？」

「おうち、あきた……」

当然だろう。

一週間のうちに、部屋の中でできる遊びはし尽くした。お人形遊びに、ボールプール、新聞紙をびりびりにする遊び、小麦粉ねんど、スライム作りにお菓子作り。ほかに何か、目新しい室内遊びは——縋るようにスマートフォンを手に取ったものの、七香はそれをリビングテーブルの上に置いた。

倫太郎からは、むやみにインターネットを見ないように、と言われている。きっと、例の動画に関して、辛辣な意見が書き込まれているのだろうと思う。

同様に、テレビもつけにくかった。

倫太郎は先週、朝の情報番組に出演したが、あのときはまだ動画が投稿されたばかりで、大きな騒動になってはいなかった。だからか、ノーコメントだったのだ。

しかし今週は、流石に沈黙したままではいられないと思う。

このままではもっと騒ぎは大きくなるだろうし、倫太郎だって無言のまま世間に忘れられるのを待つことを、よしとする性格ではない。

(どうするつもりなんだろう、倫太郎さん)

倫太郎に、直接尋ねたい。だが、あれ以来、倫太郎の顔を見ていない。

そうだ。倫太郎は先週、マスコミの目を盗んで出勤してからというもの、一週間、帰宅していないのだ。連絡がないわけではないのだが、手段はパソコンから送られてくるメールだけ。前回、忙しかったときは毎日、電話を掛けてきたのに。

忙しいのもあるだろうが、それにしては、いつもの倫太郎らしくなかった。

「まま、おこってる?」

斜め下からニットの裾を引っ張られ、七香ははっとする。険しい顔になっていた。

「怒ってないよ!」

「ほんと? ののの、わるいこした……ごめんなさい……」

「ぜんぜん！　ののはいい子だよ、とっても」

　このままではいけない。気分を変えなくては。

とはいえ、自宅内キャンプもプラネタリウムも、もう昨日、実践してしまった。それ以外に、がらっと雰囲気を変えられそうな遊びはとても思いつかない。

「あ、のの！　ばあばのお部屋に行かない？　きっと楽しいよ」

「ばあばんち？　いくっ。ばあばとねんどする！」

「粘土最高。よし、そうと決まればお支度だっ」

　七香は心がけて笑顔を作った。父親に会えず外にも行けず、不満だらけだろうに、七香まで落ち込んでいたら野々花だって不安になる。

　母親として、それだけは避けなくては。

「よーし。ままっ、すいはんき、もって」

「ん？　炊飯器？　なんで？」

「おなかすいた」

「何か食べてから行こうよ！」

　きっと、倫太郎も戦っているはずだ。家族のことを、気に掛けているはずだ。

　ひとりではないから、守るものがあるから、大丈夫。

そう思いながらもすこし怖かったのは、高熱を経験したばかりだったからだ。もしまた、母娘で身動きが取れなくなったら。そのとき倫太郎がいてくれなかったら。

以前は、倫太郎の助けなど期待していなかったのに——。

9、本物の強がりと離婚届と

家族が壊れた日のことを、倫太郎はよく覚えている。

大学から帰宅すると、母の姿がなかった。

それ自体は、珍しいことではなかった。仕事人間の父に代わり、須永不動産の代表取締役の妻として社交の場に赴《おもむ》くのが母の役割で、パーティーや会食が長引き、帰宅しないこともままあったからだ。

「……？」

しかしこの日はわずかな違和感を覚えた。

母の部屋や夫婦の寝室のドアがことごとく開けっ放し、なおかつ収納の扉まで半開きになっている。几帳面な母には珍しいことだ。

クロゼットを覗いて、倫太郎は目を見開いた。

服や高級バッグ、宝飾品に化粧品、靴の一足に至るまですっかりなくなっている。

空き巣にしては段取りのいい仕事ぶりに、母の仕業だとすぐさまわかった。

（出て行ったのか）

愕然としたが、納得できないわけでもなかった。

母と父は、倫太郎が物心ついた頃にはすでに、うまくいっていなかった。

結婚の経緯は知らないが、倫太郎をもうけるまでの数年間、母は親戚中から「早く跡継ぎを」とそれは厳しく責め立てられたらしい。しかし父は母を庇いもせず、長男の嫁なのだから仕方がないと突き放したそうだ。

やがて倫太郎をもうけた母は、お役御免とばかりに社交に耽《ふけ》り――。

自分が夫にされたように、幼い我が子を突き放し、顧みることもしなかった。

結婚なんてするものではないと、当時は考えていたものだ。

そうだ。

イージーモードの人生を送っている間も、倫太郎が本当に満たされたことはなかった。跡継ぎが必要なら、他所から連れてくればよかったのだとさえ思っていた。

にもかかわらず、心を病んだ父に代わり、家業を立て直そうとしたのは……。

長男としての責任感から、にほかならない。

父を非情にし、死へと追いやった長男という呪縛から、倫太郎もまた、逃れられなかったわけだ。気づけば搦め捕られ、身動きの取れない状態になっていた。

母が、社交の場で出逢った男のもとにいると知ったのは、父が自死してからだ。父は耐えられなかったのだ。家業を傾けたうえ、妻にも逃げられたという汚名が。

母だけでも幸せでよかったと、思うと同時に虚しくもなった。

結局、ひとり。

家族という枠の中に残されたのは、倫太郎だけだった。

そんな話を結婚前に打ち明けたら、七香は目を真っ赤にして泣いていた。


「いやいやいや、お疲れ、倫太郎社長」

PDと会えたのは、倫太郎が自宅を出てから十日も後だった。

社屋の前で張り込みをするマスコミの数は日に日に増え、会員制の個室フレンチレストランに移動するのはひと苦労だった。

「雲隠れもせずに、社屋に詰めて仕事だって？」

「……これも雲隠れのうちでしょう。ご迷惑をおかけしております」

「真面目だねえ、倫太郎社長は。しかし、真面目なわりにやってくれたよね。隠し子発覚、そのうえ、俺に内緒であのナナちゃんと結婚してたとかさぁ」

テーブルの向こうで頬杖をつきながら言われ、倫太郎は「はい」と頷く。

今日、こうして直接対決の場が設けられることを、七香に伝えようかどうか、直前まで迷った。しかし幼な子を抱え、ひとり奮闘している七香をこれ以上はらはらさせるのも申し訳なく、結局、何も言わずにやってきた。

このところ、ずっとそんな調子だ。

孤独にさせてしまっていること、野々花を任せきりになっていることも、申し訳ないし、早くなんとかしてやりたい。そう思えばこそ、慎重にもなる。

「しかも例の騒動のさなかに、デキ婚でしょ。ナナちゃんも水臭いよね、気づいたら店やめててさ。俺、ワンチャンあると思って、けっこう貢いだんだけどなあ。せめて、ひとこと言ってくれたらよかったのに」

「……申し訳ありません」

「まあ、わかるけどさ。休業に追い込まれたグラビアアイドルみたいに、ナナちゃんが叩かれたら大変だもんね。しかも身重じゃあね。でも、それにしたってさぁ……。そんなに俺、信用なかった？」

ないに決まっているだろう、あんなふうに脅しておいて……とは内心で、「いえ、まさか」と倫太郎はしおらしくかぶりを振って見せた。

どう出る気だ？　密かに息を呑む。

電話では、妻子の存在を伏せておきたがっているような口調だった。そう、いっそノーコメントで貫くべきだとでもいう雰囲気だった。だが業界人として、こんなときこそ沈黙が最悪手になることを理解していないわけがない。

だからこそ、何か考えがあるのでは……と倫太郎は警戒したのだ。

いつでも思いつきで動くPDゆえ、考えがない可能性もあるのだが。

「だけど、よかったよねえ」

すると、PDはふいに笑みを浮かべた。

「改めてネット上の反応を拾ってみたら、なかなか、いい風向きなんじゃないの」

「……と、おっしゃいますと」

「あれ？　倫太郎社長、ネット見てない？　皆、社長に同情的よ？　当初こそ投稿にいいねがついてたけどさ、それはないいんじゃない、って人たちがあとからあとから湧いてきて擁護をし始めてさ。子供の具合が悪い時に盗撮って、さすがにさ」

ほら、とPDはスマートフォンを出す。

そこには今回の動画に関し、メディアリテラシー並びにインターネット上のマナーを問いかける記事が掲載されていた。

もちろん倫太郎だってこれくらい把握している。

「俺はさ、倫太郎社長。これを機に発表してもいいと思うんだよね。結婚も子供も」

「よろしいのですか」

「うん。むしろ今しかないでしょ。批判されないタイミングは。思えば最近、倫太郎社長のイメージも独身貴族から家庭的に変わりつつあったし、イケると思うよ。うちの番組で発表してくれたら視聴率も取れるし、一石二鳥？」

いい流れだ。倫太郎はそう思ったのだが。

「けど、ひとつだけ確認」

スマートフォンを手に取ったPDが、わずかに目を細めた。

「ナナちゃんっていくつ？　キャバクラにいたとき、大学生っぽいこと言ってたけど、あれ嘘だよね？　彼女、サバ読んでたよね？」

どういう意味だ。

咄嗟には返答できずにいると、PDは「ん？」と催促する。渋々、頷く。

「え？　じゃあ倫太郎社長がデキ婚したとき、ナナちゃんってまだ学生だった？」

「……はい。ですが、やましいことは何も」

「いやいやいや！　やましいでしょ、誰が聞いても。だって倫太郎社長、情報番組のコメンテーターよ？　正しいことを散々他人に言ってきた身よ？　もしこの情報が流出したら、そこまでは、今回の同情票では埋めきれないよ、さすがに」

いっそ独身に戻ってみる？　と彼は言う。

番組のネタを思いついたときのように、軽く。

「離婚しちゃってさ、子供も奥さんもいません、誤解ですの一点張りで通すわけ。大丈夫、もみ消しには俺も協力するよ。ナナちゃんはさ、金払いさえよければ大丈夫。ほら、キャバ嬢時代からお金が欲しいみたいだったし」

七香をそんな下卑た言い方で汚すな。と、喉もとまで出かかった言葉を呑み込む。むきになって言い返したところで、事態は好転しない。むしろ、悪化の一途だ。今はこらえろ。己に言い聞かせて、倫太郎は煮える腸を抑えた。

＊＊＊

「お母さん、わたしちょっと、部屋に戻るね。洗濯物、片付けてくる」

「わかったわ。ののちゃん、ばあばとあっちでどら焼き食べよっか」

「どらやき！」

この日も、七香は母の部屋に遊びに来ていた。

マンションの外には出られないが、向かいの部屋を訪ねるだけで、野々花にとってはいい気分転換になるらしい。ネットスーパーで注文した食材を母の名前で受け取り、なおかつ料理までして、三人で食べることもあった。

廊下に人がいないことを確認し、倫太郎の部屋へ駆け込む。

玄関に入ると同時に後ろ手でドアを閉め、はあ、と息を吐いた。

（いつまで続くんだろう、この生活……）

先が見えないのが、一番堪《こた》える。

また、あの幸せな日々に戻れるのだろうか。本当に？

「……いやいや、戻れるに決まってるでしょ！」

悲観しかけた頭を、慌ててふるふるっと振った。

今、落ち込むのは倫太郎を疑うのと同じだ。妻である自分が信じなくてどうする。

そうして洗面所へ向かおうとすると、ピンポン、と部屋のチャイムが鳴る。

やっと帰ってきてくれた——と思った。きっと倫太郎だ。

喜び勇んでモニターを覗き、ぎょっとした。神経質なまでにきっちり着込んだスーツにネクタイ、メガネ……。

「白井さん!?」

エントランスの鍵を開けると、白井はダンボールの束を抱えて部屋までやってきた。

「これに、ひとまずの生活用品をお詰めください」

「は……」

「娘さんと一緒に、別の場所に移っていただきます」

「それ、逃げろってことですか？　倫太郎さんに何があったんですか？　倫太郎さんは、なんて言ってるんですか」

「こちらを」

抱えたダンボールを上がり端に立てかけ、白井は胸ポケットから白い紙を取り出す。開いて渡されたそれには『離婚届』の文字が印刷されていた。

「須永社長からです」

怯《ひる》みそうになったものの、ありえない、と七香は己を奮い立たせた。

離婚だなんて、倫太郎が言い出すはずがない。

「ちょっと待ってください。今、倫太郎さんに電話して、確認します」

「無駄だと思いますが」

やけに自信たっぷりに言う白井に違和感を覚えつつ、スマートフォンから電話をかける。繋がらない。もう一度掛ける。やはり、応答はない。

「これは社長の判断です」

白井は静かに言った。

「これ以上おふたりを側に置いては、危険な目に遭わせるのが必至ですから。一旦離縁し、別の場所で暮らしていただくのが、最善の選択だと」

表面的には気遣いたっぷりだが、倫太郎の言いそうな台詞ではないと七香は思う。

危険だから側に置かないなんて、短絡的な結論を出す段階はとうに過ぎている。それでも側にいたいから、ふたりは結婚に踏み切ったのだ。

絶対におかしい。

「でしたら、先に倫太郎さんに記入してもらってください。私は、それからです」

離婚届を突き返すと、白井は厄介そうにため息をつく。そして、開き直ったように
「つべこべ言わずに書きなさい」と語気を強めた。

「これはPDからの命令です。社長には、あなたが快く応じたと言っておきます」

そのひと言で、七香は悟る。

白井のこの行動がPDの差し金で、つまり白井がPD側についたことを。

「どうしてですか。白井さんの、倫太郎さんへの忠誠心は本物だったはずです。それなのに、こんな……白井さんらしくないです！」

これまで、白井は嫌味こそ言えど実際に手を下してはこなかった。

画面の向こうの匿名の攻撃者よりずっと正々堂々としていて、むしろいい人かもしれないと七香は感じていたほどだ。

倫太郎だって、そう。唯一極秘結婚について明かしたのも、口うるさく反対し続けられたって側に置き続けてきたのも、信頼していたからだ。

倫太郎を謀《たばか》るような姑息な真似はしないと——味方だと信じていたのに。

「あなたにどう思われようがかまいません」

いつものように音を上げるかと思いきや、白井は静かに言い放つ。

「私は須永社長のお父さまの秘書として、あの方が十代の頃から側で見守ってきました。彼の苦悩は、誰より存じているつもりです。そう、あなたよりもずっと」

レンズの向こうから睨まれ、七香は動けなかった。

「社長が何故あれほど他人に気を遣うのか、お考えになったことはありますか？」

「それは……もともと、ああいう性格だから」

「いいえ。社長が気を遣いすぎるのは、悔いておられるからです。お母さまが出て行かれるときも、お父さまが自死なさったときも、察して差し上げられなかった。ですから今度こそ誰も失わないよう、気を配っていらっしゃるのです」

そう、なのだろうか。本当に？

白井から見ればそうなのかもしれないが、七香は違和感を覚えた。

倫太郎の気遣いには、白井が言うような切迫感はなく、いつもとても優しい。

両親に対してもできうる限りの心を尽くして、それでも引き留められなかったのだからと、納得しているような……。

「あなたが大事にされるのは、社長が喪失した『家族』を与えたからです。家族を与えてくれるなら、誰だってよかった。そう、あなたでなくても」

「そんな、倫太郎さんを軽薄みたいに言わないでください！」

「別に、社長を貶《おとし》めているわけではありません。私が言いたいのは、あなたごとき、代わりはいくらでもいるのだということです」

あえてそうしているような、無機質な声。

反論したいのはやまやまだったが、できなかった。

家柄もお金もない、容姿もスタイルも特別優れているわけではない。ましてや学生で、社会も知らない小娘だった。それなのになぜ、倫太郎が七香を選んだのか。

いや、選んだというより、成り行き、なのだ。

倫太郎はＰＤから『ナナちゃんのところに通ってやって』と頼まれていたみたいだ

し、七香は当時、強がってもぼろぼろだった。放っておけず手を貸したりしているうちに、単に情が湧いただけ……それは、選ばれたと言えるのか。

「考えてごらんなさい」

白井は静かに言う。

「たとえば社長のお相手が、それなりのお家柄の令嬢だったとしましょう。結婚を隠す必要がありますか？　過激なファンでも、納得せざるをえないのではありませんか。あるいは、ご実家の財力やノウハウで己を守れるかもしれませんね。しかしあなたはただ、社長にぶらさがっているだけ。単なるお荷物です」

愕然とするほどの正論だった。

現状、七香は倫太郎に守られ、倫太郎の腕の中で子育てをしているようなもの。こんな非常事態にあって、自分の身ひとつ守る術を持たない。

「いえ、お荷物ならまだいい。水商売だの学生での出産だの、あなたは社長の弱点になりうるものを持ちすぎている。妻の座に居座ろうなどと、おこがましい」

「それは……」

「それに、あなたは母親でしょう。お子さまを最優先にして、身の振り方を決めるべきだと思わないのですか。狭い部屋に閉じ込めて、父親の存在も公にできない。家族で出かければ盗撮の危険がある。その環境が、健全な育成に最適だとでも？」

押し黙るしかない七香の前、白井は突き返された離婚届を靴箱の上に置く。

「ＰＤにとって、社長は金の生る木です。それを横から掻っ攫うあなたを、ＰＤは許さないでしょう。すると、今度こそ家族を守るために社長は己の身など顧みない。ぼろぼろになるのは、目に見えています」

「……」

「私はもう、たくさんなのですよ。不名誉を背負って逝く人を見るのは」

力ない呟きだった。

それだけが、心の底から押し出されて現れた本音のように。

「考える時間が必要でしたら、本日の夜まで待ちましょう。なお、離婚なさっても当面は生活に困らないよう、私がサポートいたします。それと……」

白井は続けて何か言っていたが、もはや耳に入ってこなかった。

倫太郎を信じたい。信じて、待っていたい。

しかしそれは七香のエゴなのかもしれない。

倫太郎が家族を大切にしてくれていると信じればこそ、今、野々花が窮屈な環境に置かれていることを、もっと憂えるべきなのではないか。

気づけばひとり、玄関の中に立ち尽くしていた。

——洗濯物を、片付けないと。

洗面所へ行ったものの、目の前が歪んで、乾燥機の蓋を開けられない。涙が溢れそうになり、七香は天井を見上げた。

＊＊＊

白井の姿が見えなくなったのは、朝の情報番組の出演前夜だった。

ようやく少し時間ができて、デスク上のスマートフォンを手に取る。このところ忙しさのあまり、まったく連絡できていなかった七香に電話をしようと思ったのだ。

しかし、電源が切れていた。

（……いつからだ？　覚えがない）

仕事の電話は主に別回線だし、ここ数日パソコンに齧り付いて各所に連絡、今後に向けて極秘の段取りをしたりしていたから、気づけなかった。

プラグに繋ぐと、数分後、電源が入る。

七香からの着信が二件、残されていた。

野々花がまた熱でも出したのではと、急ぎ倫太郎は七香に電話を掛けた。数度のコール音のあと、ふつっと、回線が通じた音がする。

「七香？」

呼びかけに、数秒してから『倫太郎さん……？』と返答があった。

「七香、大丈夫か？　電話、なんだったんだ？」

『え？　電話？　……あ、うん、なんでもない。ごめん、間違えて掛けちゃった』

笑った気配がしたが、覇気がなかった。

申し訳ない気持ちが、一挙に押し寄せてくる。

「……家のこと、すべて任せきりですまない。ずっとひとりで、大変だっただろう。体調を崩したりしていないか？　野々花は？　そこにいるのか」

尋ねると、被せるように『ううん！』と七香は言う。

『ののは今、ばあばんち。わたしだけ家に一旦戻ってきたの。このままお風呂に入れてもらって、お泊まりする予定。倫太郎さんがお母さんを同じフロアに住まわせてくれたから、今、すごく助かってて。ひとりじゃないから、大丈夫』

気の所為か、鼻に声が掛かって聞こえる。泣いていたのかと思うような。

本当に大丈夫なのかと問おうとしたら、七香のほうが先に口を開いた。

『倫太郎さんこそ、ご飯、ちゃんと食べてる？』

「ああ、一応」

『一応？　怪しい返事。あ、白井さんともうまくやってる？　仲良くしないとダメだよ。倫太郎さんのことを一番よく理解して、支えてくれる人なんだから』

「……何故、白井の話になる？」

『なんとなく』

歯切れの悪い口ぶりだった。やはりおかしい。

どうした、と尋ねたら、どうして？　と尋ね返されて、倫太郎はそれ以上何も言えなくなる。ストレートに尋ねすぎた。別のアプローチを……いや、その前に。

「七香、頼みがある」

『なに？』

「明日の朝、生放送ですべてを明らかにしたいんだ。俺が結婚していることも、子供がいるということも。許してもらえるか？」

このところ倫太郎が画策していたのは、つまりそのことだった。

ＰＤを欺き、番組を通してすべてを認め、視聴者に詫びる。

ＳＮＳや動画投稿サイトを利用することも考えたのだが、それではこれまでお世話になった関係者や、共演者に対して義理が立たない。

自分の都合で現場を引っ掻き回すのだから、筋だけは通したかった。

『PDには、なんて言うつもりなの？』

「何も言わない。これを機に、PDとは完全に手を切る」

正直に打ち明けた倫太郎に、七香は息を呑んだようだった。

「心配しなくていい。俺にも策はあるし、七香たちの安全も必ず守る」

「……」

「ひとまず、今夜だ。あと二時間ほどしたら、ハイヤーをマンションの地下駐車場に行かせる。野々花とお義母さんと一緒に、空港近くのホテルへ行って待機してくれ。宿泊者以外、入れないフロアに部屋を取ってある。そこなら、マスコミにも手出しはできない」

数日のうちに合流し、家族で一旦、ハワイにでも飛ぶ。

幸い、倫太郎は世界各国に不動産を持っている。隠れ住むにはぴったりの物件だって、中にはあるのだ。海外逃亡とは、さながら犯罪者だが、背に腹は代えられない。

七香も野々花も、現状、日本にいるよりずっとのびのび暮らせるはずだ。

パスポートを忘れず持って行くように、と言おうとすると『ごめんね、倫太郎さん』と泣き笑いの声が聞こえてきた。

『……わたし、行けない』

「七香……？」

『倫太郎さんとはこれ以上、夫婦を続けていけない。公表するなら、過去の話だって言って』

意識せず、倫太郎は眉根を寄せた。

七香の声は聞こえている。しかし頭に入ってこない。

『野々花とお母さんと、三人でいたほうが気楽なの』

「気楽って……」

『ごめん。はっきり言うね。離婚したいの。倫太郎さんと無関係の人間になりたいのよ。有名人に振り回されるのは、もうたくさん。引っ越しの準備もできてるから』

あえて悪い女を気取っているのは、上滑りしている声から充分、察せられた。

七香が、強がっている。無理をしてまで、強がっている。今ならわかる。

そう、七香が強がるときは、いつだって家族を守ろうとしているときだ。

「……わかった。七香、そこを動くなよ」

『はい……？』

「すぐに戻る」

『や、ちょ、ちょっと待ってよ。マンションの前には、マスコミが……』

七香は焦ったように何か言っていたが、倫太郎は電話を切り社長室を飛び出した。

ぎょっとした清掃員の脇を駆け抜け、エレベーターに乗り込む。

(何があろうと、この手を離さない。そう決めて、家族になったんだ)

どれだけ騒がれようが、どうせ明日の朝にはすべてが明らかになる。今さら、躊躇する必要はない。七香が強がっている。今、守れなければ一生後悔する。

ゆっくりと地上に降りる感覚が、焼き切れそうなほどもどかしかった。

10、無敵の称号

初めて本名で呼ばれたのは、いつだったか。

はっきり覚えてはいないが、高熱で倒れて倫太郎の部屋に運ばれた日には、すでに源氏名で呼ばれてはいなかったと、七香は記憶している。

『——七香』

店の中と外できっちり呼び分ける倫太郎に、思い出したのは変身するヒロインだ。

幼稚園児の頃、テレビに貼り付いて観た、ラブリーで無敵な戦闘ものの。

彼女たちは変身した瞬間から、呼び名が変わる。敵も味方も決して、呼び間違えたりしない。変身後の名前はつまり、鎧《よろい》のひとつというわけだ。

子供が生まれて『ママ』が主流になっても、倫太郎は『七香』呼びをやめなかった。

呼ばれるたびに、本当の自分に戻れる気がした。

母親として、妻として、家族のために頑張る鎧を、取り払ってくれる。

そのうえ倫太郎の声はいつでも不思議と、七香を無敵な気分にさせてくれた。

(り、倫太郎さんが、帰ってくる?)

すぐに戻ると、倫太郎は言っていた。

止めたが、電話を切られ、掛け直しても通じない。

もう、会わないつもりだったのに。倫太郎が明日、生放送に出ている間に引っ越して、それっきりにしてしまうはずだったのに。

今、顔を合わせたくなどない。会ったらきっと、決意が揺らいでしまう。

冷や汗を額に感じると、手の中のスマートフォンが震える。白井からの着信だ。

『お気持ちは固まりましたか』

七香の意思を確認するための電話だろう。

そういえば昼間、夜まで待つと言われていたのだった。

「し、白井さん、すぐに迎えに来てもらえませんか。あの、ごめんなさい。倫太郎さんに引っ越しするってこと、バレてしまって……すぐ、移動させてください。倫太郎さんが戻る前に、連れ出してください！」

どうしてばれたのかと怒られるかと思いきや、わかりました、と白井は言う。

『ちょうど、そちらに向かっていました。迷っておられるようなら、背中を押そうと思っていたのです。あと十分ほどで参ります。荷造りはお済みですか？』

「すぐに終わらせます！」

電話を切り、壁の時計を見る。二十一時。

ダンボールを手に、すぐに寝室のクロゼットへ。手当たり次第、服を詰める。それからまた別の箱に野々花の着替えと、子供用カトラリーも入れた。

三箱目にはおもちゃを入れようと、子供部屋に向かう。

と、そこで七香は動きを止めた。

にこにこネコちゃん森のおうちデラックスセット。

おもちゃ売り場で倫太郎と目配せし合った思い出が、七香の決意を鈍くする。

(ののから、あんなにいい父親を奪っていいの……？　ううん、だけどこのまま一緒にいたら、倫太郎さんも、野々花も、揃って無理をし続けることになる)

目を閉じてそれを箱に詰め、緩衝材代わりにぬいぐるみもいくつか詰めた。

それからリュックにパスポート類と現金、常備薬や飲み物などを入れる。

すると、がちゃっ、と玄関が開く音がした。倫太郎だと思い、飛び上がった七香は、玄関のほうから「ままぁ」と呼びかけられてハッとする。

「ののの!?」

急いで廊下に出ると、裸足のまま、ユニコーン柄のパジャマで立つ野々花がいる。

どうしてここに。

祖母と寝ていたはずだ。玄関の外を慌てて見る。ほかに人の姿はない。

「だめじゃない、ひとりで部屋の外に出たら！」

「だって……ぱぱ、もどってきたでしょ？」

「ど、どうしてそんなこと言うの？　パパはいないわ。お仕事よ」

「でも、ぱぱ、でてきた。おうちにいた。ぱんたべてた」

「パン……？」

恐らく、夢でも見たのだろう。

「ぱぱ、いないの？」

「うん、ごめんね。あ、ねえ、のの。これから、ママと違うおうちにお引っ越ししよう？　そうしたら公園にも行けるし、あ、ばあばと遊園地にも行けちゃうかも。楽しいよ」

「やだ」

野々花は珍しく震え、パジャマの裾をぎゅっと握り締めた。

「のの、こうえん、いかなくていい」

「……のの」

「ぱぱにあいたい。ぱぱ……。のの、いいこにするから……いいこ、する……」

ぽろぽろと零れる涙が、七香の決意をふやかしていく。

野々花がこんなふうに言うのは初めてだ。公園に行きたい、外に出たいという言葉は何度も聞いたが、パパ、とは言わなかった。

あえて言わなかった？　いや、言えなかったのだろう。

七香がときおり、厳しい顔をしていたから。

「のの……ごめん、ごめんね」

思わず膝をつき、小さな体を抱き締める。

無理をさせていた。子供にまで強がらせていた。最低の母親だ。

「七香っ、ののちゃんが！」

そこに母が飛び込んでくる。

血相を変えて、しかし野々花の姿を認めて、ほっと胸を撫で下ろす。どうやら母がトイレに入っている隙に、ベッドを抜け出してきてしまったらしい。

「あのね、お母さん……」

七香は簡単に状況を説明した。

十分後には白井がやってきて、野々花と七香は別の場所に避難すること。倫太郎とは、離婚するつもりであること。野々花の将来を考えたら、それが最良の選択であること。母にも、遅れて引っ越してきてほしいこと――。

わかったわ、と母は寂しげに頷いた。

「お母さんはかまわないわ。七香とののちゃんに、どこまでもついていく。でも、七香はそれでいいの？」

「……わたし？」

「そう。七香はののちゃんの母親だけれど、私にとっては娘でしょう？　私だって、娘には最良の選択をしてもらいたいと思う。しあわせで、いてほしいと思う」

どきりとする言葉だった。

余計なことを言ってごめんなさいね、と母は言って、野々花を連れて出て行く。

七香は愕然と、玄関に立ち尽くした。

（幸せ……わたしの、しあわせ……？）

そんなの、家族の幸せに決まっている。倫太郎が笑ってくれて、野々花がすくすく成長してくれて、母がそれを見守ってくれたら、こんな幸せはない。

家族のためなら、どんな苦労だって厭《いと》わない。

だからこれからしようとしていることだって、間違えていない。いつか、これでよかったのだと思える日が来る。来る――はずだ。本当に？

野々花にあんなに無理をさせて、寂しがらせて、それでもよかったと言える?

そうして廊下を振り返った七香は、愕然とした。

開けっ放しの部屋のドア。空洞になったクロゼット。物寂しい室内……。

結婚前に、聞いたことがある。

倫太郎が大学生の頃、荷物と共に母親が蒸発したという話。

そのとき同様のこの景色を見て、倫太郎はどう思うだろう。既視感のある絶望に襲われる顔を思い浮かべると、胸が潰れそうになる。

(本当にいいの?)

本当に、この選択肢で間違えていない? わからない。

何が正解で、何が不正解なのか、判断する基準さえ今はもう摑めない。

湿気を吸ったように重い体で、上がり端にへたり込む。

苦しいときも嬉しいときも、耐えに耐えてきた涙が、ついに零れ落ちる。

「ひっ……う……」

何がいけなかったのだろう。愛する人と、愛し合って結婚しただけ。あのときは、極秘にする以外に道はなかった。それでも、守りたいものがあった。

もし五年前に戻れたとしても、また七香は同じ道を行くだろう。

（恋をしただけ……最初は、それだけだったのに）

どうしてこんなにたくさんの足枷を、嵌められてしまったのか。

次々に湧いてくる涙を止められずにいると、インターフォンが鳴った。白井だ。

「……はい」

『ああ、七香さん。今、下に着きました。すぐ、移動しましょう』

本当にいいのか。後悔しないのか。

結論なんて出ないまま、七香はエントランスの鍵を開ける。

白井は台車とともにやってきて、ダンボール三箱を手早く乗せると、すぐに七香にも野々花を連れて来るように言った。


向かっているのは、白井のマンションらしい。

とりあえずひと晩、匿ってくれるとのことだった。

「……よく寝ていますね」

発車するまでぐずりにぐずった野々花だったが、十分もすると静かになった。

まだ涙の残る、白くて丸い頬を、対向車のライトがぱらぱらと照らしている。

「離婚届は記入なさいましたか？」

「……いえ、まだ」

リュックの中にねじ込まれたそれは、白井が置いて行ってから開いてもいない。

（往生際が悪すぎる……）

もう戻れないのに、と七香は疲れ切った心で思う。

倫太郎は今頃、部屋に戻っただろう。すると目にしたはずだ。かつて母親が自宅を出て行ったときと同じような光景を。傷ついて、そしてきっと絶望している。

今さら、合わせる顔もない。

結婚して、五年ほど。思えばあの部屋で、いろいろな出来事があった。

一緒に住み始めた当初は、おかえりと言って出迎えるのもなんとなく恥ずかしくて、玄関で顔を見られなかった。それでもどうにか「おかえり」と絞り出して、声が裏返って、笑われたこともあった。

最初に振る舞った料理は山盛りのチャーハン。豪快すぎるとやはり笑われた。

アイロン掛けに失敗してシャツに焦げ跡を作ったりもしたし、模様替えに失敗してどうにもならなくなったこともあった。そのときも倫太郎は腹を抱えて笑ってくれた。

あの部屋に暮らしていて、楽しくなかった日なんてない。

倫太郎さえいてくれたら、カーテンを閉め切った部屋はいつも日向だった。

彫りの深い顔をくしゃっとして笑われると、逃げ出したくなるほど眩しかった。

——大好きだった。

七香はしゃくり上げないよう、奥歯を噛んで静かに涙を流す。

察したのか、白井は無言のままひと気のないオフィス街に車を進めていった。

どれだけそうして、無機質な走行音の中にいただろうか。


「……何故」

マンションの駐車場らしきところに入った途端、白井が茫然《ぼうぜん》と呟いた。

不思議に思い、七香は助手席のシート越しにフロントガラスを見る。

赤いレンガ調のマンションのエントランス。見覚えのある白い車を見つけ、思わず口もとを押さえる。何かを言うまでもなかった。

(うそ……)

運転席のドアが開き、飛び出してきたのは倫太郎だ。

顔も隠さず、変装もまったくない状態で、駆けてくる。白井は慌ててブレーキを踏み、倫太郎を回避したが、ドアに鍵を掛けるところまで気が回らなかったらしい。まんまと、運転席の後ろのドアを開けられてしまった。

「七香、降りろ！」

手早くチャイルドシートのベルトを外しながら、倫太郎は強く言う。

「ど、どうしてここが……」

自宅に戻ったはずでは。

母から、七香の居場所を聞いた？

いや、母は七香たちが白井のマンションに向かっているとは知らない。だいいち、自宅に一旦戻っていたなら、時間的に先回りなどできないはずだ。

「長い付き合いなんだ。白井の考えそうなことくらい、わかる」

言い切って、倫太郎は野々花に自らのジャケットを被せ、抱き上げる。

つまり倫太郎は七香との電話を切ったあと、七香の心変わりが白井の所為だと気づいたのだろう。白井が側にいないところから、察するものもあったのかもしれない。

自宅には戻らず、こちらに直行したというわけだ。

白井は青ざめていた。こんなはずでは、とでも言いたげに。

「早く！　俺と一緒に来るんだ」

倫太郎は言う。

野々花を腕に抱き、もう片方の手を車内に差し出して。

「で……でも」

倫太郎に守られるだけで、何もできなくて、お荷物で。

家族一緒に暮らしたら、倫太郎にも野々花にも苦しい思いをさせてしまう。

(わたし、プロ妻になるって、豪語したのに)

いざというとき、七香にできるのはただ息をひそめて、閉じこもるだけだった。

こんな自分が、倫太郎の妻でいていいわけがない。

「言い訳はあとで聞く。だから、降りるんだ」

そこで白井がサイドブレーキを引き、運転席から飛び出した。

焦った顔で、倫太郎の腕から野々花を取り上げようとする。

「何故わかってくださらないのですかっ。社長はPDに逆らうべきではありません。彼女たちさえいなくなれば、明日の朝、無謀な謝罪をなさる必要もなくなるでしょう」

「離せ、白井」

「思い出してください！　倒産の危機にお父さまが失敗者の烙印を押され、いかに病んで、自ら命を絶ったのか。あなたまで同じ道をたどれば、私は……」

「いいや、俺は父のように外聞を気にして絶望したりはしない」

白井の手を振り払い、倫太郎はきっぱりと言った。
「七香が、家族がいれば、どんなときでも笑って暮らせる」
差し出された腕に、七香はいよいよ迷う。
わからない。何が正解なのか。どうしたら、後悔せずに済むのか。
愛しているからこそ、無力な自分を背負わせたくなかった。
今は辛くてもいずれ、よかったと思える日が来ると思った。
けれど……。
重荷を負ったからといって、倫太郎が不幸になると、どうして言える？
「七香！」
水気を払うように呼ばれたら、右手を伸ばしていた。
（負担を、かけてしまうのかもしれないけど）
指先が懐かしい温もりに触れる。
（そのぶんも、彼を癒す場所に、なれたら）
忘れていた。
傷つけ合わないために夫婦になったわけじゃない。
病めるときも、健やかなときも、お互いの両手を差し伸べ合うため――。

「……っ」

ぐっと右手を握られ、引っ張られる。

車から飛び降りた勢いで、倫太郎の胸に飛び込む。

半分が野々花で覆われた、それでも充分広い胸。ややくたびれたスーツのジャケットからは、オフィスの匂いがする。

おかえり、ただいま、と言い合うたびに、いつも感じていた匂いだ。

「わたし……っわ、わたし……っ」

「何も言わなくていい。わかってる」

「っ……、りんたろうさ……、ひっ……う」

しゃくり上げながら、大きな背中に腕を回してしがみつく。

凍りつかせて強がっていた心が、一気に溶け出して抜け落ちていくようだった。この数日のぶんだけでなく、幼い頃から積み重ねてきたものも、すべて。

と、柔らかな何かがそうっと、頭に触れた。よしよし、と不器用に撫でられる。

「まま、ないてる……いたいの……？」

野々花だった。

倫太郎のジャケットを頭から被った姿で、うっすらと目を開けている。

「いたいのいたいの、とおくのおやまに、とんでけー」

ぼんやりと寝ぼけつつも思いやりに満ちた声に、もう息もできない。

そうだ。これだけでよかったのだ。

差し出せるものは、真心だけで。

泣きすぎて崩れ落ちそうになっていると、背後から諦めたように白井が言った。

「それが、社長の出した答えなのですね」

倫太郎はすまなそうに頷く。

「ああ。白井には申し訳ないと思っている。だが」

「いいえ、詫びないでください」

かぶりを振った白井は、肩の荷を下ろした、というふうにひと息、吐く。

「もう、いいのです。社長に、自滅しないだけの強いお気持ちがあるのでしたら。ご家族がそうさせるのでしたら、私にはもう、反対する理由はありません」

本当はずっとこんな未来を待っていたとでも言いたげだ。

いや、白井は密かに望んでいたのだろう。いつか倫太郎が白井の心配を粉々に砕き、心から安心させてくれる日が来るのを。

白井は内ポケットを探り、黒っぽい何かを取り出す。一歩、倫太郎に歩み寄り、それを掌の上に乗せて「どうぞ」と差し出す。

「差し上げます。社長のよいようにお使いください」

「これは……ICレコーダー？」

「はい。あなたが最初に、PDに脅されたときの会話が録音されています」

ごくりと倫太郎は息を呑み、ICレコーダーを見つめる。信じられないとでも言いたげだ。七香も同じく、信じられなかった。そんなものが存在していたなんて。

白井の言葉が本当なら、これは起死回生の一手になる。

PDが己の立場を利用して倫太郎をいいように扱っていた事実を、世間に公にできる。しかしこんな懐刀があるなら、どうして今まで隠し持っていたのか。

（ううん。白井さんには、確信がなかったんだわ。PDを切って、家族の存在を明らかにして……その先で、倫太郎さんが幸せでいられるかどうか）

白井は七香を妻として認めていなかったのだから、当然だ。

白井はちらと七香を見、すこし考えた様子だったが、やはりといったふうに言う。

「それにはPDが、最近、私宛てに内密に掛けてきた電話の内容も録音されています」

「内密に？　どういうことだ」

「……申し上げるかどうか、迷いました。PDが……離婚後の七香さんを、愛人として手もとに置きたがっていることを」

突然名前を出されて、どきっとする。

「PDが、わたしを……?」

「ええ」

即座にピンときた。

白井が離婚とともに強く引っ越しを勧めたのは、七香がPDに捕まってしまわないよう、早々に逃がすためでもあったのだ。

(白井さん……)

倫太郎はぐっと手の中のものを握り締め、怒りを噛み殺すように奥歯を軋ませる。

それから夜空を仰ぎ、ひと呼吸。

そうするうちに、何か覚悟を決めたように、七香には見えた。

視線を前に定め、言う。

「……白井。おまえにしか言えない無茶を言うが、許してくれるか」

「はい、なんなりと」

倫太郎の車に乗り込み、部屋に戻るかと思いきや、向かったのはホテルだった。

最上級のエグゼクティブルームに入るには、一般ロビーを通る必要はなく、チェックインもスマートフォンで済ませられた。誰にも会わずに、部屋にたどり着く。

野々花は、今度こそ熟睡しきっていた。

車から降ろしても、抱いて移動しても、ベッドに寝かせても起きなかった。

「着の身着のままだろうと思って、必要そうなものはホテルに用意してもらった」

クロゼットの中には、ふたり分の着替えとおもちゃが入っている。どれも新品だ。

続き部屋はプレイルームのように、幼児用の滑り台やジャングルジムが置いてある。

バーコーナーにはおやつ。数日は余裕でこもっていられそうだ。

リビングルームの入り口でようやくほっとして息を吐くと、いきなり背中から抱き締められた。長い腕が肩の上から巻きついて、ぎゅっと力を込められる。

「また、ひとりきりで泣かせたか？」

どきりとして、うつむく。

泣き腫らした目を、見られたくはなかった。

しかしもどかしげに振り向かされ、顎をくっと持ち上げられる。

ほんのり汗ばんだ手からは、倫太郎らしい香りがする。

「大丈夫、だから、見ないで……」

目を伏せて訴えても、倫太郎は聞いてくれない。

「素直に言うこと。言って、俺に、受け止めさせてくれ」

額に唇を押し当てられ、ふうっとため息をつかれた。

ここにいるんだ、と思わせてくれる体温が、切なくて苦しい。

「……泣かずに、いられるわけがないよ。だって」

「だって?」

「本当は、離れたくなんてなかった……」

おずおずと目を合わせ、しかし茶色い虹彩がまばゆくて、すぐに視線を逸らした。

痛いくらいに倫太郎が好きで、見つめ合うだけでひりひりする。まるで、恋に落ちた直後のよう。

すると腕を引かれ、リビングルームに連れて行かれる。ベッドルームの死角である、壁際に追い詰められた。

「七香」

懇願するように、祈るように、眉根を寄せて倫太郎は「七香」と低く囁く。

ずいぶん長いこと、離れていた気分になる。

その声で呼んでもらいたかった。毎日毎日、ひたすら待っていた。

泣きたくて、うつむきかけたものの、額を重ねられ、ちゅ、と唇をついばまれた。

「……七香も、俺を呼んで」

目を合わせてねだられ、はあっと浅い息がこぼれる。

見つめ、見つめられたまま、応じる。

「り……倫太郎さん」

「うん」

「倫太郎さん……」

「もっとだ」

「倫太郎さん、倫太郎さん……好き……」

優しい相づちに導かれ、七香はぎゅっと瞼を閉じる。

片腕で抱き寄せられ、抱え上げられ、連れて行かれたのはバスルームだ。

斜めに重なる唇が熱い。

初めてのときのように焦れったく服を脱がせ合い、シャワーの雫の中で抱き合う。

たくましい肩を撫で下ろせば、腰を引き寄せられ、首すじをちりりとするくらい吸われた。唇は結婚前よりふっくらした両胸へと落ちて、そこにも赤い痕を残す。

うっとりと吐息を漏らせば、片脚を担ぎ上げられて深みを探られた。

「……ッ七香……もう、どこにも行くな」

ガラスの壁に背中を押し付けられたときには、全身が燃えるようだった。

それから約一時間、バスルームの中で倫太郎は七香を酔わせた。翌日の予定なんて考えず、思うままに抱き合ったのは初めてのとき以来かもしれない。

倫太郎が部屋を出て行ったのは、いつもの午前二時。

(……夜明けが来る……)

目が冴えて眠れず、七香はソファに深く腰掛けたまま、窓の向こうで徐々に白んでいく空を見ていた。

心は、しんとしていた。


生出演が始まったのは、いつもの時間だ。

野々花はまだ眠っていたため、七香はひとりで画面の中の倫太郎を見守った。

『世間をお騒がせしている件について、ここに深くお詫び申し上げます。私、須永倫太郎には愛する妻と子供がおります——』

冒頭から深々と頭を下げ、視聴者に詫びた倫太郎は堂々としていた。

世間の反応は穏やかではないだろう。どんな事情があったにせよ、真実を隠していた。理解を示すかどうかは、観ている人の意思に委ねられるのだ。

それでもかまわないからと言って、七香は倫太郎の背を押し、送り出した。

スタジオ内はというと……。

『いやあ、結婚して詫びるなんて、なんか変だよねぇ。おめでたいことなのに』

『水臭いですけどね。倫太郎社長、もう四年もパパやってたなんて』

『娘さんでしたっけ？　そのうち「パパこっち来ないで！」なんて言われますよ。こんなイケメンパパでも例外なく！』

出演者が次々と叱咤激励でアシストしてくれた。おかげでムードは終始よかった。

常日頃、そうして倫太郎が周囲を気遣ってきた成果だろう。

そして——。

『倫太郎社長っ、なんてことしてくれたの!?』

憤慨するＰＤに、倫太郎は例のＩＣレコーダーを突きつけて言ったそうだ。

『あなたに利用されるのは、金輪際ごめんだ。俺はメディアから引退する』

『俺を……脅し返すつもり？　かつての恩を、仇で返すって？　ずいぶん薄情だね』

『そうですね』

『冠番組はどうするの？　倫太郎社長、誰かに迷惑掛けるの、嫌なんじゃないの？』

『ええ。ですから、各所に手を回しておきました。同枠は当社で買い上げて、責任を持って番組制作をさせていただきます。局のトップにはすでに、直談判済みです』

『そんなバカな。この俺に、ひと言もなく』

『その点、渋られていましたが、先ほどこれに録音された音声を関係各位にメールでお送りしましたから、もはや決定事項でしょう』

ぎょっとしたPDはようやく、己の権威が地に落ちたことを知ったのだ。愕然と目を見開くさまを見て、すこしは倫太郎も溜飲が下がっただろう。

これでもう、PDの言うことには誰も耳を貸さない。

当初は報復も覚悟の上だった倫太郎だが、白井のお陰で免《まぬが》れた格好だ。助かったと、心の底から思う。これできれいさっぱり、倫太郎は芸能界から足を洗える。

しかし、成敗を単なる断罪で終わらせる倫太郎でもない。

『先に言っておきますが、須永不動産には泣きつかないでくださいよ。俺はもう、退職した人間ですから』

『は……?』

『脅されはしましたが、あなたには助けていただいた過去がある。あなたが退場するなら、俺も一緒に表舞台を去るのが義理というものでしょう』

そう、倫太郎は今日付けで、辞任届を提出していた。

須永不動産代表取締役の座を降り、後任を副社長に譲り、退職する。

七香がそうと聞かされたのは、昨夜だった。

驚いたが、倫太郎も一朝一夕に決めたわけではないと言い、いずれこうする日のために副社長に引き継ぎをしていたのだと聞いて、それなら反対なんてできるはずがないと納得した。

後任社長の秘書には、白井がつくという。つまり倫太郎が言っていた、白井にしか頼めない無茶というのは、あとを任せるということだったのだ。

かくして七香の夫の肩書きは『不動産王』と、至極シンプルになったのだった。

11、はじめてのバカンス

それから——。

「うみーっ。うみみみみー！」

倫太郎に連れられ、七香と野々花はホノルルに飛んだ。

倫太郎が個人で所有しているコンドミニアムからは、アラモアナビーチが見渡せる。

まるでセレブにでもなった気分だ。いや、倫太郎はずっと富豪だったし、もともとそこそこいい暮らしぶりではあったのだが、いかんせん贅沢品にも旅行にも縁がなかったものだから、改めて実感した気がした。

七香は恐縮しきりだったが、倫太郎は「悪いな、こんなところで」などと言う。

「朝日が眩しすぎて、売れ残ってたんだよ、この部屋」

「えっ、オーシャンビューなのに!?」

「ああ。日本とは価値観が違うからな。ここまで海に近ければ、眺めなんてさほど気にならないって人も多い。どうだ？　散歩でもしに行くか？　海で水遊びができるぞ」

この言葉に目を輝かせたのは野々花だ。

「みずっ。みずあそびっ、いくっ！」

鼻息も荒く、片足でとすとすと床を踏み鳴らしている。

「ののの、ずっと水遊びしたがってたもんね。あー、お砂場セット持ってくればよかったな。ホテルのクロゼットに入ってたのに……どこかで買えるかな？　あと、ビーチサンダルも必要？　それと着替え。夏物なんて持ってきてないよ」

手荷物を探っていると、リュックの底にスマートフォンを見つけてドキッとした。

別の国にやっては来たものの、日本の世論がまったく気にならなくなったわけではない。到着後、倫太郎のスマートフォンで母と話したとき、本当は聞いてしまいたかった。倫太郎の前ではとても、言い出せなかったけれど。

母のほうも『須永さんは一緒に、って誘ってくださったけど、流石に申し訳なくて。家族三人、水入らずで過ごしてきてね』と、だけ。

言うまでもないくらいだったのか、母の口からは言えないほどだったのか――。

「まずはショッピングモールへ行って、全部調達してこよう。海は一旦帰ってきてから、出直しだな。……って、大丈夫か、七香」

「え、あ、うんっ」

顔を覗き込まれ、慌ててスマートフォンをリュックの底に突っ込む。

「どうした。気分でも悪いのか？」

「ううん！　あっ、これが噂の時差ボケ？」

「あのな。飛行機の中であれだけ爆睡しておいて、時差ボケって」

「だよね」

笑顔で誤魔化し、七香は玄関へ行く。廊下に続くドアを薄く開け、外の様子を見る。

「何してる？」

「何って、人がいないかどうか、確認を」

「必要ないだろ」

そう言って野々花を抱き、廊下に出る倫太郎を見て、そうだ、と思い出す。

部屋を出るときに誰かに目撃されるのを警戒しなくていいのだ。空港でも、ここへやってくるときも、三人で歩いていたのに……どうしてまたやってしまったのか。

「え、えへへ……」

「ま、ゆっくり慣れていけばいい。まずはブランチ、何が食べたい？　ショッピングモール内に、寿司屋もステーキ屋もラーメン屋もある。もちろんハワイ料理の店も」

「ステーキ！」

「ののの、はわいのにく！」

「朝から肉か……うん、そんな気はしてたけどな」

サングラスひとつ身につけて、倫太郎は娘を肩車し、気楽に往来を行く。

潮風が心地いい。広い空に、異国の空気。とてつもない解放感だ。家族三人、こんなふうにずっと、お日さまの下を歩きたかった。

夢が叶って、しあわせだ。

それなのに七香はすこし怖いような、後ろめたいような……まだ、すっきりとした気持ちにはなれなかった。

ショッピングモール内で調達したのはビーチグッズ、おもちゃ、おやつにドリンク、三人分の着替えにちょっとした日用品……。

滞在中のコンドミニアムは以前、賃貸にも使っていたらしく、生活用品はある程度揃っていたので、抱えきれないほどの荷物になることはなかった。

ステーキハウスに入ると、野々花は運ばれてきた厚切りの肉を前に震えた。

「こ、これが、はわいのにく……！」

「のの、ハワイは動物じゃないからね。これは普通に牛の肉よ」

ツッコみながら切り分けてやると、幼い娘は鼻息荒くかぶりつく。

「む、んう、うまぁい！」

久しぶりに、野々花がはしゃいでいる。

こんなに嬉しそうなのは、ナイトズーに出かけたとき以来だ。

何日も部屋に閉じこもり、暗い顔をしていたことを思い出すと、涙が出そうになる。

「のの、そういうときはyummy《ヤミー》って言うんだぞ」

すると、倫太郎がテーブルの向こうから笑顔で言う。

「やみぃ？」

「そうそう」

「ぱぱは、やみい！」

「俺を食べないでくれ」

なんてことのないやりとりだが、新鮮だった。

いいなあ、こういうの、とほんわかした気分で見守っていると、恰幅のいい店員がステーキを運んできた。七香のオーダーしたステーキだ。

「いや、ちょっと待て、なんだその厚み……」

「やったー！　一ポンドステーキ、一度食べてみたかったんだ！」

静かにしているとあれこれ考えてしまいそうだったから、あえて七香も野々花と一緒にはしゃいだ。

想定外だったのは、食事を終えた野々花が電池切れのように眠ってしまったこと。

急ぎ、ベビーカーをレンタルして乗せたものの、部屋に戻ってからも目を覚まさず……これこそ、時差ボケだったのかもしれない。

しんとした部屋の中にいると、つい、スマートフォンが気になってしまう。

倫太郎の目を盗み、リュックの中から取り出し、画面をつける。それからインターネットのアプリを立ち上げようとして――。

「どうした？」

倫太郎に声を掛けられ、はっとした。

慌てて、背中にスマートフォンを隠す。

「えっ、あ。な、なんでもない！」

言えるわけがない。

日本で自分たちがどう言われているか、気になるだなんて。

あの晩、七香だって倫太郎の背中を押した。どんな反応があったとしてもかまわないから、公表してほしいと思った。

今さら気にする立場じゃない。

「七香」

するとじとっとした目をして倫太郎が迫ってくる。

「何を隠してる？　全部、受け止めさせろと言ったはずだよな」

「……や、それとこれは別問題……」

「どこがどう違うんだ？　俺が納得できるように説明しなさい」

「そんなの無理よ！」

「やってみる前から諦めるってことは、勝算がない、つまり別問題ではないわけだ」

痛いところを突かれて、七香はぐっと言葉に詰まる。

確かに倫太郎の言うとおり、図星なのだが、そうでなくとも元コメンテーターに弁で勝とうだなんて無理に決まっている。

「なーな」

有利を確信しているのか、甘さ全開の笑顔が狡かった。

顔をずいと近づけて迫られ、七香は後退する。じりじりと後ずさって、間もなく、お尻が木製のチェストにぶつかって、止まった。

まずい。

「隠し通せるとでも思ってるのか？」

鼻先が触れるほど間近に迫りながら、倫太郎は七香の右腕を撫で下ろす。いけない、と思ったときには、スマートフォンを取り上げられていた。

「へえ？　誰かと連絡でも取っていたのか？　浮気か」

「ちっ、ちがうわ！」

「じゃあ、なんだ。世間の反応が気になって、エゴサーチでもしようとしてた？」

どうしてそこまでわかってしまうのか。

ぎくっとして目を逸らすと、抱き上げられ、チェストに腰掛けさせられた。七香の体の左右に手を置き、倫太郎は「七香」と優しく呼びながら見つめてくる。

言いたくない。だって、あまりに情けない。でも。

この眼差しと、包み込むような情熱に、逆らえる者がいるだろうか。

「……っ、うん……」

弱り切って頷くと、隣室からとたとたと駆けてくる音がする。

「まま、ぱぱぁ」

野々花だ。

海へ行く気満々で砂場セットを両手に提げていたが、すでに夜だ。

カーテンを開け、ベランダから真っ暗な景色を確認させると、大粒の涙をこぼした。

「み……みずあそび……のの……うみぃ……ひっぐ……」

「また明日、行こうな」

その後は野々花が泣き疲れて眠ってしまうまで、慰めることで精いっぱいだったから、倫太郎との話はそれっきりになってしまった。


翌朝は、まさしくレーザービームのような朝日で目を覚ました。

「これはたしかに、売れ残るわ……」

もうすこし寝たかった気もするが、寝覚めは悪くない。

まだ冷たい海風の中、新調したお砂場セットを持って、沿道を行く。

陽射しが日本より鋭い感じがするのは、七香の気の所為ではないだろう。

みるみる強くなる潮の香り。背の高いパームツリー。

犬を連れた恰幅のいい男性とすれ違い、何台もの車に追い越され、アルファベットだらけの標識を頼りにビーチに出る。

「わあー！」

初めての海に野々花は大興奮だ。駆けて行って、波打ち際で転びかけて、倫太郎に引っ張り上げられた。一歩遅ければ、顔から海に飛び込んでいたところだ。

木陰にお砂場セットを広げ、大きな砂場遊びが始まる。

「こうしていると、間違いじゃなかったと思うよな」

「……そうだね」

倫太郎の問いかけに、七香は笑顔を返した。

野々花を授かり、産んだこと。結婚し、ふたりで家庭を築いたこと。自分たちにとっては、何もかも正しい道だった。

「とはいえ、気になるよな」

「何が？」

「日本のこと。俺たちが世間でどう言われてるのか」

どきっとして、肩が揺れてしまう。昨日の話の続きだ。また蒸し返されるとは思っていなかった。どんな返事をしたらいいのか、一瞬、迷う。

けれど倫太郎が再び同じ話題を持ち出したのは、七香の本音をきちんと知りたいからにほかならない。誤魔化したり、はぐらかしたりするのは、もうやめなければ。

「おかしいよね」

潮風に溶かすように、七香は言う。

「誰にどう思われてもいいから、公表してほしいって思ったのに……今さら気にするなんて」

呆れられるだろうか。それとも、考えすぎだと宥められる？　七香は申し訳ない気持ちで返答を待ったが、倫太郎はひと呼吸置き、気楽そうに言った。

「おかしくないだろ。俺だって、気にならないわけじゃない」

え、と思わず声が漏れる。

「倫太郎さんも？」

「ああ」

意外すぎて見上げると、細められた優しい目があった。

「人前に出る仕事をしている以上、批判は覚悟しろと言う人間もいる。あれこれ他人に言わせたくないなら引っ込んでろ、と。正論かもな。だが、絶対じゃないよな」

吹っ切れたように倫太郎は笑う。

「正論に潰されそうになる『正しさ』があるなら、正論には耳を塞いでいい。どちらを優先するかは、本人が決めていいんだ」

「わたしが……？」

「そう。俺にとっては、家族と自分の幸せだ。これ以上の『正しさ』はない」

吹き抜けていく潮の香りに、鼻の奥がつんとする。

（どの正しさを優先するかは、わたしが決めていい……）

途端に胸のつかえが消えた気がした。別に、知らなくていいような気がしてくる。

自分たちが、世間の人々にどう思われているのか、言われているのか。

「……よし、そろそろ朝食でも食べに行くか」

倫太郎はしゃがみ込み、野々花をひょいと抱き上げる。

「で、食後は少々、付き合ってもらいたい場所がある」

「どこか行くの？」

「ああ、ちょっと」

それだけ言って歩き出した倫太郎を、慌てて砂場セットを拾い集めつつ、追った。


朝食を終えて、やってきたのはショッピングモールにほど近いホテルだ。

コンドミニアムがあるのに、なぜ、ホテルにやってくるのだろう。

疑問に思っているうちに、フロアの奥へ通される。

「お待ちしておりました」

日本人の女性スタッフに連れられ、たどり着いたのは、衣装室だった。

壁際にずらりと並ぶ、純白の衣装。レース仕立てのものにシンプルなサテン、チュール素材のものまで華やかに飾られている。

タキシードにドレス、トレーンにハット……。

「おひめさまのふく！」

野々花はそう言ったきり、キラキラした目を見開いて固まっている。感激のあまり、どう反応していいのかわからないと言ったふうだ。

「ここ、倫太郎さん、一体……」

事態を呑み込めずにいる七香のもとに、先ほどの日本人スタッフが戻ってくる。彼女は両手でボリュームのあるドレスを一枚持っていて、どうぞ、と七香に差し出した。

「な、何？　どういうこと？」

意味がわからない。どうして、純白のドレス？

やはり事態が呑み込めない七香に、倫太郎は言う。

「きみにだ、七香」

口角を上げて、この瞬間を楽しみにしていた、というふうに。

「出発前に急遽手配してもらったから、サイズ直しはこれからだけどな」

「サイズ直し？　ちょ、ちょっと待って、なんで？　言ってる意味が」

「挙式、まだだっただろう？」

さらりと告げられた言葉を、七香は懸命に噛み砕こうとする。

確かに、七香と倫太郎は挙式をしていない。極秘の結婚だったから、人目につきそうなことは何もできなかったのだ。

しかし、それが今、ドレスを渡されることとなんの関係が……いや。挙式がまだだから、純白のドレス。ということは。

「……結婚式、するつもりなの……？」

茫然と呟けば、倫太郎は得意げに頷いた。

「そう。場所はホテル内じゃなくて、ビーチだけどな」

「うそ」

「嘘じゃない」

聞けば倫太郎は、知り合いのフォトグラファーにもオファーしてあると言う。

チャペルは予約でいっぱいだったため、ビーチに神父を呼び、誓いを立てて写真撮影、というシンプルな式ではあるが、倫太郎の人脈をフルに活かしてセッティングしてくれたらしい。

(結婚式……倫太郎さんと、わたしの……)

恐る恐る、ドレスを受け取る。

羽衣のようなのに、予想外にずっしりとした重みが、七香の腕を震わせる。

「今日は衣装合わせと、フォトグラファーとの打ち合わせだ。忙しくなるぞ。それこそ、余計な雑音に耳を貸している暇なんてないくらいに」

「倫太郎さん……」

喜びが胸の奥にじんと沁みて、泣きそうになって、必死にこらえる。

(……どうしよう。うれしい)

挙式をしようと計画してくれたこともだが、そうして七香が世間の反応に足を取られてしまわないよう、気を逸らそうとしてくれているのがわかるからありがたかった。

スタッフに案内されるまま、試着室でドレスに着替える。

ホルターネックの、肩が大きく開くドレスは、腰から下がタイトからフレアに切り替わった、いわゆるマーメイドライン。すこし緊張しながら、袖を通す。

背中のファスナーを上げてもらうと驚くほどぴったりで、七香のためにデザインされたもののようにしっくりきた。流石は、倫太郎の見立てだ。

「……どう……かな」

遠慮がちにカーテンから出ると「まま！」と野々花が叫ぶ。

「まま、かわいいっ。かわいい！」

「そうだな。ママ、お姫さまみたいだ」

満足そうに言う倫太郎の視線が、くすぐったくて恥ずかしい。

「お、お姫さまってガラじゃないわ。どこにでもいる、普通の主婦だし」

「いや、七香はお姫さまだよ。出会った頃よりもっと、何倍もきれいだ」

褒めすぎだ。が、駆け出したくなるくらいに嬉しかった。

どんな表情をしたらいいのかわからなくて、七香はくるりとふたりに背を向ける。

「照れるなって」

「無茶言わないで……」

入籍した当初は、まさか自分が一生のうちで、ウェディングドレスを着られる日が来るとは思わなかった。それでも充分幸せだと思っていた。

まるで、無我夢中だった五年間の結婚生活に対して、ご褒美をもらえたような。

「っ……」

滲んだ涙を手の甲で拭ったら「野々花のドレスもあるぞ」と倫太郎が言った。

「ののも!?　きるっ。せれぶになる!」

鼻息荒く野々花が試着室に消えると、ややあって「七香」と呼ばれる。

「もう一度、言ってもいいか?」

「え?」

何を、だろう。そろりと振り返る。

微笑んでいる倫太郎と、目が合う。

「俺と結婚してほしい。一生、誰より、大事にすると誓う」

予想外のプロポーズに、今度こそ、我慢できなかった。

ウエディングドレスのままわんわん泣いて、泣きすぎてお腹が空いてしまって、コンドミニアムに戻るまえにラーメン屋に寄って、大盛りの豚骨ラーメンを二杯食べた。

倫太郎に「ドレスのサイズは大丈夫か」と心配されたが、食べずにいられなかった。


そして、二週間後――。

倫太郎は長身の際立つ白いタキシード姿で、砂浜に立つ。

「私、須永倫太郎は穂積七香を生涯の妻とし、一生守り愛し抜くことを誓います」

前髪を上げた髪型も、きれいに伸びた背すじも、堂々たる声まで潔くて、七香は思わずぼうっと見惚れてしまう。

続けて誓いの言葉を述べる予定だったのだが、出だしをうっかり忘れたほど。

「七香」

倫太郎が、すかさず助け船を出してくれたが。

「誓いはどうした」

「わ、え、あ……わ、わたしっ、須永七香はっ」

「穂積。旧姓でやるって打ち合わせで決めただろ」

「はっ！　ごめんなさい！」

その後も何度も噛んで、しまいには野々花から「めっ」と怒られた。おかげで和んで、三人並んで写真を撮る頃には自然体に戻れたわけだが。

神父とフォトグラファーが帰ると、衣装のまま波打ち際を歩いた。

「なんだかわたし、お腹いっぱい！」

吹っ切れた気分だ。

結婚式という節目が気持ちを区切ってくれたような——気になることにも、気にしなければならないことにも、割り切り方がきちんと理解できた気分だ。

しかし倫太郎は、心配そうな目を向けてきた。

「大丈夫か？　七香が腹いっぱいだなんて、ハワイに雹《ひょう》が降るぞ」

「あのね、満腹ってことじゃなくて。こうやって三人でのんびり過ごせて、結婚式まででできて、もう大満足だなぁって意味」

「ああ、それは俺もだな」

「ののも！」

足もとから短い手を挙げて言われ、笑ってしまう。間違いなく、野々花には意味がわかっていない。それでも同意しようという姿勢が、可愛い。

「はあ。ののもいつか、こうやって結婚式して、巣立つ日が来るのかなぁ」

「そうだな。考えたくないが」

「倫太郎さん、ののが独立したらまた、ふたりきりだね？」

それは、十年以上先の話。

目の前のことで精いっぱいだった以前は、まったく想像できなかった。

急に目の前が開けた気がする。見渡す限りの青い海に目を細めたら、倫太郎は野々花を抱き上げながら「違うだろ」と言った。

「野々花が独立したって、ふたりきりにはならないだろう」

「うん？　うちの母がすごーく長生きすれば、ってこと？」

「違う。野々花の下に、もう何人か。俺は欲しいと思ってるんだけど？」

当たり前のように言われて、目を丸くしてしまった。

そういえば結婚前、倫太郎は言っていた。男でも女でも、何人でも欲しい、と。

「ハネムーンベイビー、案外もういるかもな」

いたずらっぽく笑いかけられて、かあっと赤くなってしまう。

「そ、そういうことを、どうしていつも、真っ昼間から……っ」

「欲しくないのか？」

「ほ、欲しい……けど」

七香だって、考えていなかったわけではない。

もう何年も、極秘にしなければならない状況ではありえない、と思っていただけで。

「まま、はねむーんべいびーってなに？」

「わー！　ののはまだ知らなくていいのっ」

その後、野々花がドレス姿のまま海に飛び込みそうになって、急ぎビーチを出た。

一旦コンドミニアムに戻り、部屋で普段着に着替える。それからランチでも食べに行こうか、あるいはどこかで買ってこようか、などと話していたときだ。

倫太郎のスマートフォンが鳴ったのは。

「……白井」

画面を見るなりぼそっとこぼされた名前を、七香は聞き逃さなかった。

(白井さんから電話？　どうして)

やはり、日本でのバッシングが……という話だろうか。

ひそかに緊張する七香の前で、倫太郎は通話に応じる。ひと言ふた言発して、それから驚いた顔をした。いや、まさか、などと言っている。

「どうかしたの？」

小声で尋ねると、マイク部分に片手で蓋をしつつ、倫太郎は言った。

「俺を会長にと、推す動きがあるらしい」

「会長って、須永不動産の？」

「そうだ。社内に限らず、株主や番組の視聴者からも、こんな幕引きはあんまりだと……俺たちの結婚に理解を示す声が、対応しきれないほど寄せられているそうだ」

信じられない言葉だった。七香は感激のあまり両手で口を覆ったが、倫太郎はもっと、感激と安堵でたまらなくなった様子で、目もとを片手でぐっと押さえた。

溢れる感謝と一緒に、倫太郎の肩を抱く。
いつも、ただ頼もしい背中が、小さく震えていた。

12、普通の日常へ

一か月後、七香は倫太郎と野々花とともに日本に帰国した。

内心、すこし緊張していたのだ。

飛行機に乗り込むときも、帰国ロビーに降り立ったときも。

しかし予想していたほど、騒がれはしなかった。皆、倫太郎が一般人になったことに配慮している様子で、そっとしておこう、という空気が心底ありがたかった。

「大変、ののの制服のこと、すっかり忘れてた！」

三人を待っていたのは、春から通う幼稚園の制服受注会のお知らせ葉書だ。

日程は明後日。ぎりぎり間に合った格好だが。

「俺、行こうか」

すると倫太郎は己を指差して言う。

リビングで荷ほどきをしていた七香は、思わず目をぱちぱちしてしまった。

「倫太郎さんが？　どうして？」

「今までこういうの、七香に任せきりだっただろう。今後は、できる限り関わっていきたいんだ。せっかく時間に融通もきくわけだし、たまには俺に任せてみないか？」

「うーん……」

「安全対策なら、きちんと施して行くから。な？」

そこまで言われると、反対する理由はなくなってしまう。

「心配か？　三人で行くか？」

「いや、それはさすがに」

やめたほうがいいだろう。

それこそ、倫太郎ファンの保護者たちにとっては見たくない光景のはずだ。

子供を連れているだけならまだしも、妻と仲睦まじくしている様子なんて。

「じゃあ、今回はお言葉に甘えて、倫太郎さんにお願いしちゃおうかな」

「よし。俺が一番にのの制服姿を拝めるわけだな。役得だ」

「ちょっと待って、そう言われると未練が……！」

「撤回はナシだ」

「えー！」

そんな経緯で、野々花の幼稚園の制服受注会には倫太郎が行くことになった。

幼稚園の理事長には、念のため、七香から一報入れておいた。お騒がせしてしまうかもしれません、と。電話口に出た理事長はおおらかで、大丈夫大丈夫と笑っていた。

＊＊＊

そして来たる制服受注会の日。

「えっ、うそ、須永倫太郎！」

「娘さん、この幼稚園だったの!?　すごい、ど迫力の美形だわ……っ」

会場である幼稚園のホールは、騒然とした。

先月、極秘結婚騒動で引退したばかりの有名人が、噂の子供を連れて現れたのだから無理もない。倫太郎はもみくちゃになることも予想していたが、皆、子供を追いかけ回すほうに気を取られているからなのか、騒ぎはしても寄っては来ない。

「ようっちえん、ようちえんー。のの、きょうからようちえん!?」

「いや、まだ。春からだよ」

「はる？　はるっていつ？　あした？」

同じ幼児の親同士、盗撮をしようという気配もなかった。

（案外、平和に予定をこなせそうだな）

とはいえ、念のために周囲を警戒しつつ試着の列の最後尾に並ぶと、野々花が突然、プレーリードッグのように背すじを伸ばして「あーっ」と叫んだ。

「だちょうのこども！」

何かと思えば、入口のほうから母親に連れられた男児がやってくる。

ひょっとして、説明会の日に会ったという『父親が社長』の子供だろうか。

男児のほうも野々花がわかったのか、懐っこい笑みで手を振りながら駆けてくる。

母親も野々花ににこっと笑いかけ、歩み寄ってきながらようやく倫太郎に気づいた様子で、目を丸くして飛び上がった。

「す、須永倫太郎さん……ご、ご本人ですか⁉」

声を掛けられたのは、それが初めてだった。

「はい。すみません、うちの娘が失礼な物言いをしまして」

「とんでもない！　野々花ちゃん、だったわよね。覚えていてくれて嬉しいわ」

屈み込んで言われ、野々花は「どういたしましてっ」と胸を張る。

「こんにちはっ、ですっ」

「まあっ！　こんにちは。元気なご挨拶！　お父さんとお母さんから、いい教育を受けているのね。あ、せっかくだから涼介《りょうすけ》もご挨拶しましょうか」

しゃがみ込んで促す母親に応え、男児も素直に「こんにちは」と頭を下げる。

応じてふたたび頭を下げる野々花は、家族の中にいるときよりひと回りもふた回りも大きく、たくましく見えた。

（俺は今まで、こういう成長をことごとく見逃してきたんだろうな）

しみじみ思う。家族の安全を守るため、仕方がないのだと切り離してきたものの中に、どれほどの価値があったのか。

偉そうに他人のニュースにコメントをしてきたくせに……社会の第一線にいたくせに、本当は世間知らずだったのだ、ずっと。

「りょうすけくん、のの、だちょうみた！」

野々花は涼介のほうに身を乗り出し、食い気味に言う。

「りょうすけくんのぱぱ、かわいかったっ」

いや、動物園で見たのは涼介のパパじゃない。

突っ込もうとすると、涼介がむっとして言い返す。

「ぱぱ、かわいくない。かっこいい」

「かっこいい！」

成立しているのだかいないのだか、ふわふわした会話が微笑ましい。

それから試着の番が巡ってくるまで、倫太郎は涼介の母親と世間話をしつつ、じゃれ合う子供たちの様子を見て過ごした。

「では、私はこれで。あの、奥さまによろしくお伝えいただけますか。春からぜひ、仲良くしてください、と」

「わかりました。こちらこそ娘共々、どうぞよろしくお願いいたします」

黄色い声を背後に聞きつつ、倫太郎は園を出る。

なんだか眠そうな野々花を後部座席に乗せ、運転席に乗り込むまではよかった。

異変を感じたのは、駐車場から車を出そうとしたときだ。

不自然に、向かいの沿道の乗用車が動く。

もしやと思えば案の定、すぐ後ろからつけてくる。

信号待ちにシャッターを切られても、運転中の倫太郎にはなすすべもない。マンション前まで追われたものの、駐車場に入ったところで車はすっといなくなった。


帰宅すると、七香が玄関で心配そうに待っていた。

夜、野々花が眠ってから、倫太郎は今日の出来事を順を追って説明した。顔見知りらしい親子と出会ったこと、順調に制服を注文できたこと。

不審な車に追われたこともだ。

「……週刊誌とか、だよね、きっと」

バンザイのポーズで寝ている野々花に布団を掛けながら、七香はため息をつく。

「一般人になったのに、どうして撮られなくちゃいけないの？」

「有名税の払い残しがあるとでも思われているんだろう。すぐに各社に抗議して、記事になるようなら法的措置をとらせてもらうつもりだ。とくに七香と野々花には、今後一切カメラを向けさせはしない」

ベッドサイドに腰を下ろすと、倫太郎は娘の狭い額にかかる前髪をそっと払った。

「ごめんな。引退しても、すっきり解決というわけにいかなくて」

「ううん。倫太郎さんが悪いわけじゃないわ」

そう言って、七香はどうにか己を納得させようとしているようだった。

これ以上同じ内容について話していても、気持ちが重くなるだけだ。すぐさま、現状を変えられるわけじゃない。倫太郎はあえて「よかったな、ママ友ができそうで」と話題を変える。

「ママ友？」

「涼介くんの母親だ。今日、試着の列に並んでいる間、ずっと話していたんだが、いい人そうだった。七香とも、気が合いそうだったな」

「そう？」

「ああ。とくに、物怖じしないところが似ていた気がする。俺が何者かわかっても、遠巻きにせず、気を遣い過ぎず、ただの親同士として話してくれた。ああいうなんでもない感じ、久々だったな」

というより、親として、というのは初めてだったか。

そうなの、とでも返事が返ってくると思った。だが七香は一瞬、黙る。

「……ふうん」

「どうした？　男の子のママとは、話が合わないか？」

「ううん。そんなことない。仲良くできたらうれしいと、思うけど」

「なんだ。歯切れが悪いな」

やはりマスコミが気になるのだろう。

何か、もっと七香が安心できる言葉を掛けてやろうと考えていると、七香は神妙な表情で倫太郎のすぐ隣に座り、右腕に自らの腕を絡ませてきた。

「……ずっと話してたんだ？　涼介くんのママと」

ぼそっと言われて、ぴんとくる。

これはもしや、嫉妬というやつなのではないか。

「珍しいな。番組の女性ゲストやアナウンサーには、何も言わなかったのに」

「だって。あれはお仕事でしょ。でも、今日のは違う」

「違うか？　野々花のための人付き合いは、仕事と同じようなものだと思うが」

「それは……そうなのかも、しれないけど……」

「納得できない？　それとも、俺が信用できない？」

「え、と、違うの。倫太郎さんを、信じてないわけじゃなくて」

もごもごと反論に困る様子が、可愛くてたまらなかった。

（まずい。口もとが緩む……）

七香が嫉妬なんてするのは初めてだ。仕事でどんな美女と共演しても何も言われたことがなかったから、てっきりそういう感情がないのだと思っていた。

しかし七香は、やはり言わなければよかったとでも考え直したのかもしれない。そろそろと腕を解いて離れようとしたから、肩を抱いて引き寄せた。

「悪い。今のは、俺が無神経だった」

耳もとで囁けば、七香は小さく「そうだよ」と俺を責める。たまらなかった。

いつからだろう。

強がることなく自然に、感情をさらけ出してくれるようになったのは。

無防備なこめかみに軽くキスをして、倫太郎はいたずらっぽく笑う。

「もう一声」

「……っえ？」

「恥じらう七香も可愛かったけど、駄々を捏ねる七香はもっといい」

そして、わからせてやりたい、と本能的に思う。

この目に七香しか映らないことも、ほかには誰も見えないことも、どれほど恋しく思っているのかということも。その唇に、肌に、心だけでなく体の奥底にも。

体を屈めて、口づける。野々花が起きてしまうと、いつもなら焦るところだろう。

が、七香は抵抗することなく首に腕をまわしてきた。

ソファにでも移動して抱いてしまおうか。

そんな考えが頭をよぎったときだ。

リビングに置き去りにしていたスマートフォンが鳴ったのは。

『お久しぶりです。すこしだけ、お話しさせていただけないでしょうか』

発信主は白井だった。

近くまで来ているというので、ロビーで会おうと約束する。

すぐさま倫太郎は部屋を出て、エレベーターで一階へ。ややあって白井は姿を現し、

倫太郎と目が合うと同時に深々と頭を下げた。

「ご足労をお掛けいたしました」

思わず笑ってしまう。

「そんなに恐縮しなくていい。俺はもう、上司じゃない」

裏口の脇にあるロビーのソファに向かい合って座ると、白井は「お元気そうで何よりです」と口角を上げる。以前より幾分、印象が柔らかいのは気の所為か。

「ああ。おかげで、羽を伸ばせている。それで？　白井のほうはどうだ？」

「問題ありません。すべて、須永社長……いえ、前社長がよいように取り計らってくださっていたおかげです」

それから白井は、公にしても差し障りのない程度に社内の様子を語った。

新番組の告知がなされたこと、新社長の評判が上々なこと、白井にとってもサポートしやすい社長であること、そして未だ絶えない、倫太郎の社内復帰論……。

「いけませんか」と、懇願するように白井は言った。

「戻ってきては、いただけませんか」

エントランスのドアが開いたのだろう。鋭いほど冷えた空気が、流れ込んでくる。

（……戻る、か）

倫太郎は、膝の上に両ひじをつき、指を組み合わせて息を吐く。

それから「悪い」と頭を下げ、テーブルの向こうに詫びた。

「白井には感謝している。だが、それだけは考えられない。すまない」

「どうしても、ですか」

「ああ」

自分はこれまで、取りこぼしてきたものがあまりに多すぎると、倫太郎は思う。

野々花の成長しかり、七香との夫婦らしい関係しかり、親としての役割しかり。

辞任に、後悔はまったくないといえば嘘になる。

だがそれ以上に今は、家族の側にいたいと思う。

もう二度と、取りこぼすもののないように。

「……お気持ちは、固いのですね」

「ああ。皆に伝えてくれ。何かあれば、いつでも助けになるから、と」

白井はふっと笑った。あなたらしい、とでも言いたげだ。そして今度こそ完全に吹っ切ったように、膝を叩いて立ち上がる。

「では、私はこれで。奥さまに、よろしくお伝えください」

「わかった」

頷きながら、おや、と倫太郎は遅れて気づく。

奥さま。白井が七香をそう呼ぶのは初めてだ。

白井のほうも倫太郎が気づいたとわかったのか、含みある顔で踵を返し、そして二度と振り返らずにマンションから出て行った。


それから一か月ほどの間、倫太郎は家族サービスに尽力した。

水族館に図書館、テーマパークに室内アスレチック。

できるだけ予約制の施設を選び、人の少ない日に連れ立って出かけた。

そうして警戒を怠らなかったおかげか、あるいは先日の報道各社への牽制がきいたのか、しばらくの間、あとをつけられたり盗撮されたりするということはなかった。

「そういえば倫太郎さん、制服が仕上がってきたってメールで連絡があったよ」

伝えられたのは、図書館から帰る車の中だ。

「制服……ああ、幼稚園のか。もうできたのか」

「うん。明日以降、園の事務所に各自取りに来てくださいって。わたし、朝のうちに自転車でさっと行ってきちゃうね。予約票、家に戻ったらもらっていい？」

助手席の後ろの席で七香は言ったが、倫太郎はハンドルを操作しながら「いや」と首を振った。

「俺が行こう。自転車では寒いだろうし」

「大丈夫だよ。真冬でも工事現場でバイトしてた身だよ？」

「それは昔の話だろ。今は、俺の大事な妻だ」

風邪を引かせるわけにはいかない。それに、七香がひとりで行動しているときに、万が一、盗撮されたりしたらいけない。

「じゃあ、行ってくる。すぐに戻るから」

翌日、倫太郎は久々にふたりを置いてマンションを出た。

車を走らせ、幼稚園に向かう。狭い駐車場に順番で車を入れ、予約票を手に事務所へ。制服の入った紙袋を受け取る際、ほかの保護者や事務員たちが多少色めき立ったものの、二度目だからかほとんど騒がれることなく園舎を出られた。

今日は在園児の登園日らしい。

園庭を駆け回る子供たちを見ながら、ついに野々花も幼稚園児か、と感慨深く思う。

そうしてのんびりと、門を出ようとしたときだ。

「須永倫太郎さん」

正面から声を掛けられる。

黒いジャンパーを着込んだ男だ。手にはボイスレコーダーを持っていて、幼稚園の関係者ではないとすぐにわかった。見間違いでなければ、先日あとをつけてきた男だ。

「……どちらさまでしょう？」

軽くあしらって立ち去ろうとしたが、男はついてくる。

「私はフリーの記者です。取引先の雑誌社から、奥さまとお嬢さんにはカメラもマイクも向けてはならないとお聞きしました。ですから、須永さんがおひとりになるのを待っていたんです。お話をうかがっても？」

とんでもない屁理屈だ。

「答える義務はない。俺も一般人だ」

「そうおっしゃらずに。いろいろと、確かめたいことがあるんですよ。とくに、奥さまについて。結婚当時学生で、しかもキャバクラ嬢だったとか」

思わずぎくりとしそうになる。

それは倫太郎が番組で家族について明かした際、触れなかった事実だった。後ろめたく思っているわけではなく、七香のプライバシーとして伏せておいたのだ。

「……」

ノーコメントで背を向けたが、男はついてくる。

「とんでもないスキャンダルですよねぇ。結婚相手は学生で水商売。しかもデキ婚！　それなのに奥さまのプライバシーとかいう盾で、あなたはご自分を守っておられるわけだ」

内心、怒りで焼け焦げそうだった。

黙れ、とでも吐き捨ててやりたい。

倫太郎がどんな覚悟で家族を持ったのか、知りもしないくせに。

だがここで言い返せば、面白おかしく記事にされるのは目に見えている。まかり間違って手など出せば、不利になるのは倫太郎のほうだ。

いや、それこそが目的で絡んでくるのだろう。

――どうする？

倫太郎は煮える腸にどうにか蓋をして、考える。

警察を呼ぶべきか。いや、幼稚園の敷地内で厄介ごとを起こせば、野々花が通いづらくなる。ほかの保護者にとっても、快く面接を受けさせてくれた園にも申し訳ない。

「せめて移動してくれ。ここでは困る」

いまいましく車に乗り込み、倫太郎は低く記者に告げる。が、扉を閉めようとすると、こじ開けられて阻止された。

「逃げるおつもりですか？　ニュースで偉そうなコメントをしていた人が、自分のニュースになるとだんまり。ひどいですよ。P.Dも言ってましたよ、薄情だって」

「おまえ……P.Dの差し金か」

「まさか。業界を追放された男と一緒くたにしないでください。私はただ情報をもらっただけです。もはや投げやり、って感じで業界の闇を暴露してたんで、あなただけがターゲットってわけでもないようでしたけど」

男は運転席とドアの間に入り込み、今度はカメラを向けてくる。もはや我慢ならなかった。力づくで車に乗せ、警察署まで運んでやろうか。

と、倫太郎が腕を伸ばしたときだ。

「――失礼」

若い男性の声とともに、記者の男が横によろける。

見れば、倫太郎と同じ紙袋を提げた男が、記者の腕を摑んで車から引き離していた。

「ここは子供たちの教育の場です。お引き取り願いたい」

どうやら新入園児の父親らしい。

倫太郎はすぐさま車から降り、男性に詫びようとした。お騒がせして申し訳ない、と。しかし当の男性に、お辞儀を遮られた。

「須永さんはお気になさらず。捕らえるチャンスを、ずっと待っていたんです」

「……えっ」

どういうことだ。

倫太郎が首を傾げている間に、「こっちです！」と、女性たちが駆けてくる。同じく制服の袋を提げた、新入園児の母親たちだ。その向こうからは園の園長や男性教諭もこぞってやってきて、記者の男はあっという間にもみくちゃになった。

「その男、二週間も前から園舎を覗き込んでいたわ！」

「うちの上の子も言ってた。写真を撮られたかもしれないって」

「私、腕を摑まれて須永さんの奥さんについて聞かれたのよ。失礼よねっ、こんなふうに丁寧にお手紙をくださる方を、悪意を持って嗅ぎ回るなんて！」

よくよく見れば、保護者たちは制服の袋のほかにピンク色の封筒を持っている。

倫太郎は受け取っていないものだ。失礼、と断って見せてもらうと、中には一筆箋が入っていた。

――ご迷惑をお掛けしております。もしも盗撮に遭われたり、しつこく声を掛けてくるマスコミに遭遇したりした場合は、いつでもこちらの番号にお知らせください。即時対応させていただきます。須永倫太郎、家内――

七香の字、しかも直筆だ。七香のスマートフォンの電話番号も添えてある。

いつの間にこんなものを書き、届けていたのか。

「奥さんのこと、私、尊敬するって言ってやったわよ」

そこで、保護者のひとりが高らかに言う。

「四年もの間、子供を抱えて週刊誌にも撮られなかったなんて凄すぎるでしょ」

そうよそうよ、と相槌を打ち合う親たちを見ながら、倫太郎は先ほどまで怒りに燃えていた目頭が、静かに沁みるのを感じた。

「うわっ」

すると、突然人の輪が崩れた。

男性教諭の手を逃れ、記者が逃げ出したのだ。

考えるまでもなく、倫太郎は駆け出していた。

誰より早く男に追いつき、脚を払って地べたに転がす。うつ伏せにさせて後ろ手を押さえつけたら、今度は躊躇《ためら》いなくスマートフォンを取り出した。

「言い訳は警察にしろ」

「おい、離せ！　全部明かしてやるぞ。妻子について、全部……っ」

「やればいい。七香は、その程度のことで貶められるような人間じゃない」

男は暴れたが、居合わせた保護者たちが力になってくれた。駆けつけた警察にも男の横暴ぶりを証言してくれたため、倫太郎は長く足止めされずに済んだほどだ。

帰ろうとすると、最初に声を掛けてくれた男性が名刺を差し出してきた。

「申し遅れました、私、涼介の父です」

倫太郎は驚いて目を見張る。

制服を注文した日、出会った子供の父親だ。よく見れば、目もとに面影がある。

「息子が、お嬢さんと仲良くしていただいていると家内から聞きました。息子も、パパを褒めてもらったと言ってご機嫌で……ありがとうございます」

「いえ！　こちらこそ、助かりました。今度、改めてお礼を」

「ああ、そんなにお気になさらないでください」

それからひとつ咳払いをして、

「実は私、倫太郎社長のファンなんです。テレビで欠かさず拝見してました。これを機に父親同士、仲良くしていただけないかと、多少、下心もありまして」

帰宅してその話をすると、七香は「やっぱり倫太郎さんの人徳には敵わないよ」と笑ったが、倫太郎は七香のお陰だと確信していた。

一筆箋の件もそうだが、なによりこの五年。

七香が人知れず守ったものは、倫太郎のイメージだけではなかったのだ。

何日かして、案の定、インターネット上で七香のプライバシーが暴かれる事態にはなったが、世間の反応は穏やかだった。五年もパーフェクトにプロ妻をつとめた人物なのだから、それだけで充分じゃないか、と。

ファンのやっかみも、当初恐れた殺害予告も、起こらなかった。

倫太郎の妻が七香でなければ、叶えられない未来だった。

エピローグ

「じゃあ、行ってきます。お母さん、ののをよろしくね」

「ええ。ののちゃんとふたりきりでお泊まり会ができるなんて、とってもうれしいわ。ふたりとも、こちらのことは気にせずに楽しんできてね」

「はい。お義母さん、ありがとうございます」

春も間近に迫ったある日、七香は倫太郎に連れられて自宅をあとにした。

野々花は七香の母と留守番だ。最初は四人で出かけようと言っていたのだが、せっかくならふたりで行ってきなさいよ、と母が勧めてくれたのだ。

七香が二人目を希望していること、しかしなかなか授かる気配がないことを知っていて、気を遣ってくれたようだった。

「久々だな、ふたりで出かけるの。いや、旅行するのは初めてか」

「そうだね。そんな機会、まったくなかったもんね」

なんでもないふうにシートベルトを留めようとしたが、しゅるんともとに戻ってしまう。慌てて摑み直したものの、二度も同じことをしてしまい、倫太郎に笑われた。

「なんだ。ふたりきりで緊張してるのか？」

「それは、だって……うん……」

ほとんど変装もしない倫太郎とデートだなんて、どきどきしないわけがない。

このシチュエーションは結婚前、例の事件前にほんの数度経験しただけなのだ。

（しかも倫太郎さん、テレビに出なくなってから色気が増したっていうか……）

そう、電撃引退から数か月、七香は思い知っていた。

以前の倫太郎が、スーツで色気を堰《せ》き止めていたことを。

春物のニットをさらりと身につけているだけなのに、鎖骨が神々しい。スキニーパンツで長さを強調された足、高い腰もまたしかり。

癖のある黒髪は冬より幾分伸びて、真ん中で分けた前髪の先がさりげなく耳の後ろに流れるのもまた、ひときわセクシーだった。

「七香」

すると、下唇に何か冷たいものが押し付けられる。

どきっとして、飛び上がった。

粒ガムだ。

「口をもぐもぐ動かしていれば、すぐにいつもの調子に戻るだろ」

爽やかに笑いながら「ほら」と催促されたら、口を開かずにはいられなかった。こんなときまで食い意地が張っていると思われるのは、心外だが。

ころりと滑り込んできた冷たい粒を噛むと、優しいミント味が鼻から抜けた。


行き先は、車で二時間ほどの場所にある隣県の温泉街だ。

一泊二日の、小旅行。遊園地や動物園なら野々花も一緒のときがいいし、旅行中万が一、野々花が熱でも出したらと思うと、あまり遠くへ行く気にはなれなかった。

「さて、ぶらぶらするか」

宿の駐車場に車を入れると、倫太郎は片手を差し出してくる。

繋ごうと言いたいのだろう。

「ええと、こういうのは流石にまずいんじゃないかな」

七香は遠慮しようとした。

引退したとはいえ、倫太郎にはファンがいる。野々花が一緒ならまだしも、夫婦ふたりきりで手繋ぎだなんて、なんだか抜け駆けをしているようで申し訳ない。

しかし、右手を強引に摑まれた。

「いいから」

「わ、ちょっ……り、倫太郎さんっ」

熱い掌が、七香の鼓動をみるみる煽る。

焦っているうちに、商店街に連れ出されていた。平日だからか混雑しているという
ほどではなかったが、流石は観光地、それなりの人出だ。

歩道を歩き始めると、すれ違う人たちの視線は倫太郎に集中した。

「うそっ、須永倫太郎!?」

「やばっ、顔ちっちゃ！　足ながっ！　画面で見るより美形じゃんっ」

口々に囁く声が聞こえてくる。

倫太郎は嫌ではないのだろうか。こんなに騒がれる中、妻と手なんて繋いで。

ちらと見上げると、愉快そうに笑い返される。余裕の笑みといったふうだ。

かと思いきや、七香を連れているのが嬉しくてたまらないとでも言いたげに、こっ
ちだ、と急かされて、何も言えなくなる。

（ずるいなぁ、もう……）

色っぽかったり、余裕だったり、はしゃいだり……ふたりきりだと、野々花に気を
取られないぶん、倫太郎の魅力が次々に目に飛び込んでくる。

やがて倫太郎は土産物屋を覗き始め、その頃にはふたりのあとを、野次馬がぞろぞろと追ってきている状態だった。

「お、温泉卵。七香、食べるか？」

「い――いえ、けっこうです」

「遠慮するなよ。ふたつ？　みっつか」

「や、そんなには、流石に」

七香はこんなに注目された状況で食べられるわけがないと思ったが、倫太郎は気を利《き》かせたつもりか、店先の従業員に声を掛けてしまう。

「すみません、温泉卵みっつ、お願いします」

するとそのとき、押された野次馬が七香の隣に飛び出した。

咄嗟に、倫太郎は七香を抱き寄せて庇う。

瞬間、辺りはきゃーっとつんざくような悲鳴に包まれた。見たくなかったというより、待ってましたとばかりの興奮の渦だった。

（み、耳が、裂ける）

七香は肩をすくめ、思わず倫太郎の胸にしがみつく。

誰に見せつけるつもりもなかった。反射的に、頼れる胸に縋ったただけだ。

が、目の前の女性はこの光景に目を輝かせた。辛抱ならないといったふうに、スマートフォンを出してかまえる。

撮られる。

そう思い顔を伏せようとすると、真上から低く声がした。

「ストップ」

倫太郎だ。腕を伸ばし、女性のスマートフォンをそっと遮っている。

やめるよう言い諭すかと思いきや、倫太郎は七香を背中に隠しながら微笑んだ。

「撮るのは俺だけにしてもらえませんか」

途端、シャッターの嵐だ。

圧倒されて動けない七香を庇ったまま、倫太郎は何度か角度を変えて周囲に視線を配った。また、手を差し出してくるファンとは、ご丁寧に握手までしてみせる。

場慣れした大きな背中を見上げ、七香は脱帽した。

デパートのおもちゃ売り場でファンに取り囲まれたときも慣れていると感じたが、今回はそれ以上だ。白井がおらず、ひとりで対応しているのもあるだろう。

画面の向こうでも、引退してからも、変わらない。

こういうところが、人々を夢中にさせていたことは間違いない。

（わたし、本当にすごい人と結婚しちゃったんだな）

今さらながら、思い知った気がした。

七香がどんなに頑張っても、敵わない。到底、釣り合わない人。それでも彼は七香を選び、これからも七香の隣にいる。改めて、奇跡のようだ。

倫太郎が「そろそろ」と両手を顔の前にかざして見せたのは、ひととおりのリクエストに応えてからだ。

「これ以上は、勘弁してもらえると助かります」

「えーっ」

「申し訳ない。今日は結婚してから初めての、妻とのデートなもので」

ブーイングは、わずかだった。

初めてのデートという言葉に皆、気を遣ったのだろう。これ以上邪魔するわけにはいかないと、波が引くように去っていく。

中には「楽しんでくださいね」と七香に向かって声を掛けてくる人もいて、頭が下がる思いだった。倫太郎だけならわかるが、七香まで気遣ってくれるなんて……これも倫太郎の人徳だろうか。

店員が見計らったように温泉卵入りの紙コップを持って来ると、倫太郎は「お騒がせして申し訳ありません」と頭を下げたあと、七香にも「ごめんな」と詫びた。

「せっかくの旅行中に、時間を取らせて」

「ううん！」

「これ、一緒に食べながら宿まで移動しないか。そろそろ、静かなところで七香を独り占めしたい」

さらりと言わないでほしかった。

七香は全身を火照らせて周囲を気にしたが、倫太郎は何食わぬ顔だ。

「うん、美味い」

紙のスプーンで温泉卵をひと口食べ、唇を指で拭う仕草もまた、素敵だった。


その後、川沿いを散歩して、宿にチェックインする頃には日暮れだった。

宿泊するのは、川沿いに建つ平屋の高級旅館だ。

倫太郎が「せっかくだから」と、子連れでは敷居を跨ぐのを躊躇しそうなほど大人向けの宿を選んで予約してくれたのだ。

「うわぁ」

部屋に通されると、川沿いのテラスには露天風呂が付いていた。

丸い陶器製の、壺のような形の湯船だ。

掃き出し窓を開けた途端、雨のような川音がどっと流れ込んでくる。目隠しの竹垣の上には、夜空に向かって昇っていく湯気の柱がいくつも見えた。

「わたし、温泉って初めて！　ハワイの景色もよかったけど、和の景色もまた格別だね」

「ああ」

「早速お風呂に入る？　それとも売店見に行く？　あっ、先にお夕飯かな」

浮かれきって振り返ろうとすると、背中から突然抱き締められた。

「まずは七香。独り占めしたいって言っただろう」

「り、倫太郎さん……」

出発当初の緊張が、また、蘇ってくる。

はやる鼓動に耐え、七香はそれでもそろりと斜め後ろを見上げた。

口づけられるのではないかと、すこし、期待したのだ。しかし倫太郎は七香の後頭部に頬を寄せ、目を閉じている。疲れたときによくするポーズだ。

いや、疲れて当然だ。

「あのね、さっき、頼もしかったよ」

「なんの話だ？」

「ファン対応。堂々としてて、余裕があって、……かっこよかった」

引退してもまだ、生きる世界が違うように思えたほど。取り囲む人たちのキラキラした視線が、倫太郎をさらに魅力的にしていた。

独り占めするには、あまりにも大きな背中だと感じた。

しかし倫太郎は「格好つけたんだよ」と七香の髪に頬ずりをして、笑う。

「七香が側にいたからな」

「……わたし？」

「そう。七香にいいところを見せたかった。単純だろ」

そんなふうに言われて、のぼせずにいられるわけがない。

くらくらしながら、胸の前に置かれた腕をぎゅっと抱き締める。惚れ直しちゃったよ、と言おうかどうか迷っていると、倫太郎は軽く息を吐いて、言った。

「もう、五年か」

ゆるやかな風が、露天風呂の表面を撫でて白い湯気をたなびかせる。

「五年……籍を入れてから？」

「ああ。あっという間だったな」

感慨深そうな倫太郎に「そうだね」と七香は頷いた。

「最初に倫太郎さんに告白されたときは、心底びっくりしたな。倫太郎さんは有名人だし、片想いで終わるだろうなって、諦めてたから」

「片想い？」

「うん、そう。あれ？　わたし、話さなかった？　倫太郎さんに片想いしてたって」

「聞いてない……」

喜んでいるのか照れているのか、倫太郎はずるずると七香にもたれかかってくる。

肩に額をのせられ、くすぐったさに震えると、耳もとで小さく問われる。

「いつから？」

「うーん、熱を出して、看病してもらってから……？」

「同時か……。いや、その割に、逃げなかったか？　俺が好きだって伝えたとき」

「あ……あれは、びっくりしすぎたのと、恥ずかしかったのと、で、パニックになっちゃって……だって予想もしてなかったの、本当に」

というか、同時って？　とは、口を挟む隙がなかった。

「待て。俺、けっこうわかりやすかっただろう。店に通ったし、同伴にも誘ったし」

「同伴はお仕事だもの。そもそも倫太郎さんはPDに頼まれて、わたしを気にかけてくれてるんだと思ってたし。だいいち同伴って、倫太郎さん以外にも……」

誘われる機会があったから。

とは、言わずに寸前で呑み込んだのに、倫太郎は察してしまったのだろう。いきなり振り向かされ、ほぼ真上から覗き込まれる。

若干、不機嫌そうな顔だ。

「今夜は、俺以外の男の話はなしだ」

「……ちゃんと、途中で止めたのにぃ」

「余計に気になるから、アウト」

返事に詰まって困り顔になると、唇の先をちょんとついばまれた。続けて、ゆったりと口づけられる。斜めに重ね、軽く擦り合わせて、わざとらしく音を立てられて。

「ん……」

思わず吐息を漏らせば、後頭部に手をあてがわれ、愛おしそうに額を寄せられた。

「最初は、ひとりで泣かせたくないって、それだけだったんだけどな」

倫太郎は言う。

長いまつ毛で縁どられた瞼を伏せながら。

「いつからか、笑ってほしいと願っていた」

祈るような声に、七香も目を閉じながら耳を澄ませた。

「俺の隣で、ずっと」

「……うん」

「家族でいてくれるか、これからも」

「うん。倫太郎さんもね」

「ああ。これからも家族で、夫で……恋人でいよう」

「恋人」

「そう。今日はそのつもりだったんだが、七香は違ったのか？」

「……ううん」

言って瞼を持ち上げると、倫太郎も目を開けるところだった。

まっすぐに見つめ合って、胸が震える。目の前にいるのに、恋しくて。

（五年前のわたし、予想した？）

誰にも何も隠さず、胸を張って倫太郎と手を取り合える日が来ること。

腰に巻き付いていた腕は、さりげなく背中を撫で上げていった。

髪をそっと分けられ、うなじをくすぐられ、やがて顎のラインをなぞられる。

ほんのすこし冷たい指。小さく肩を跳ね上げると、ゆっくりと、両手で両頬を包み込まれた。唇が斜めに重なると、今度は深く入り込まれた。

期待どおりの心地いい温度に、膝が震える。たまらなくなって倫太郎の首に腕を巻きつけたら、ニットの裾から倫太郎の片手が滑り込んできた。

「七香」

熱っぽいキスの合間に、倫太郎は囁く。

「好きだよ」

わたしも、と応じた言葉が、生温かい舌に押し返される。

「好きだ」

「……倫、っん……」

浴びせるような口づけのあと、愛してる、と告げる声は急いていた。

みるみる服を脱がされ、抱きかかえられて露天風呂へと浸けられる。

「今夜は久々に、俺だけの七香だ」

幻想的な靄の中、目が合っても、もはや言葉にならない。

もどかしげに絡む、視線。包み込むような、縋るような、欲しがりな瞳が間近で、切なく揺れる。しかし見惚れたのは、一瞬だけだ。

貪るようなキスに後退すると、湯船のふちに背中が行き着く。

お湯を掻いた手が、胸の膨らみをそっと包んで優しく撫でた。膝の間に割り込んでくる大胆な腰を、今夜ばかりはもう、恥ずかしがらずに欲しがろうと決めていた。


翌日、贅沢にも朝風呂に浸かると、観光はせずにまっすぐ自宅へ戻った。

たったひと晩離れていただけなのに、無性に野々花に会いたかった。

「ただいま！」

泣いていたかもしれない。心細かったかもしれない。

母の部屋の玄関に入ると、野々花はリビングにおもちゃを広げたいだけ広げて、ご満悦だった。聞けば昨夜も寂しがるどころか、夜更かしをして楽しんだらしい。

「のの、ひと晩ぶりのだっこ、しようよ」

「まま、ののはあそんでる」

「えー？　だっこしたい……だっこさせてくださいっ」

「しかたないなあ。ままのあまえんぼさん。よしよし」

しぶしぶ応じる野々花を見て、母も倫太郎も大笑いだ。

母親に抱き癖がついたとか、娘のほうが大人だとか。なんと言われようが、小さな背中をふかふか抱いて、やっとひと安心。

「はー、この先が思いやられるよ……」

「どうした?」とは、母に温泉まんじゅうを渡している倫太郎からの問いだ。

「幼稚園。送り出すたび、わたしのほうが泣きそう」

「そうだな。俺もわりと、ぐっと来そうだと思ってる」

「わかってくれる? もう、毎日、ののがいない部屋でどう過ごしたらいいの……!」

頼りないつむじにぐりぐりと頬ずりをしていたら「じゃあ、手伝う?」などと倫太郎が言う。

「手伝う? って、何を」

「俺の資産管理。主に所有している不動産に関して、あれこれ」

「……そういうのって、弁護士さんにお願いするものなんじゃないの?」

「それだけで済まないものもある。今までは白井が手伝ってくれていたんだが、退社してまで世話になるわけにはいかないだろう? 自力でどうにかしないと、と考えていたところなんだ」

知らなかった。ぽかんとする七香に、倫太郎はいたずらっぽく笑ってみせる。

「やるか？　俺の私設秘書」

思わず背すじを伸ばしてしまう。

「や、やるっ！」

「いや、冗談。本気にするな。七香はもうひとり、育児する予定があるんだろ？」

「産むとしてもまだ先だもん。まずは勉強させて。どうしても使えないと思ったら、そのときにダメだって言ってくれればいいから。ね」

倫太郎は余計なことを言った、とばかりに苦い顔をしたが、七香は本気で挑戦してみたいと思った。実は大学時代、秘書検定を二級まで取得しているのだ。

持っていれば、稼ぐための武器のひとつになるかもしれないと思って。

（それに、本当はかなり、惜しいと思ってたんだよね）

倫太郎と出会ってすぐ、自分のもとで働かないかという話をされたとき。

倫太郎を心配して断ったものの、気遣いの人である倫太郎からは、学ぶことがたくさんある気がしていた。ＰＤとのしがらみさえなければ、頭を下げてでもお願いしていたはずだ。働かせてください、と。

「まま、がんばれっ」

いつの間にか膝に乗っていた野々花が「えいえいお」と右手を振り上げる。
丸くてちっちゃな拳が、元気よく未来を切り拓いてくれそうだ。
春も夏も秋も冬も、これからは今までとは違う景色が巡る。
想像すると、いてもたってもいられないほどわくわくした。

【了】

あとがき

お久しぶりです。斉河燈です。

最後までお付き合いくださって、ありがとうございました。

今回は極秘結婚子育て夫婦ラブストーリー……盛り過ぎですかね。

赤ちゃんというほど小さくはないけれど、おしゃべりがまだ拙いくらいのちびっ子を登場させたくて、こんな感じになりました。

こういったレーベルさんでは子供というと赤ちゃんが主流なので、もう少し年上のちびっ子でもいいですか⁉ と念を押して確認したことを覚えています。

私は個人的に、このくらいの年齢の子が足の裏全体を使ってペトペト歩く感じが好きです。なんだか妖精っぽい。あと、寝るときにうつ伏せて、お尻だけ器用に上げて寝る姿。やっぱり妖精っぽい。

パパとママの恋愛に関しては、なんと言っても『極秘』がいいスパイスになってくれました。恋愛の盛り上がりにはやはり、背徳感が必要だと思うこの頃です。

最後になりますが、とってもほっこりで素敵なカバーイラストを描いてくださった木ノ下きの先生、本当にありがとうございました。全員のビジュアルが私の想像していた姿そのものだったので、初見で驚き&感激いたしました。

さらににこにこネコちゃんまで！　にゃんこ靴下もたまらないです。

また、編集さまはじめ、編集部の皆さま、デザイナーさま、書店さま……本書に関わってくださったすべての方、そしてあなたに改めて感謝申し上げます。

またお会いできますように。

二〇二二年十一月吉日　斉河燈

原・稿・大・募・集

マーマレード文庫では
大人の女性のための恋愛小説を募集しております。

優秀な作品は当社より文庫として刊行いたします。
また、将来性のある方には編集者が担当につき、個別に指導いたします。

募集作品
男女の恋愛が描かれたオリジナルロマンス小説(二次創作は不可)。
商業未発表であれば、同人誌・Web上で発表済みの作品でも応募可能です。

応募資格
年齢性別プロアマ問いません。

応募要項
・パソコンもしくはワープロ機器を使用した原稿に限ります。
・原稿はA4判の用紙を横にして、縦書きで40字×32行で130枚〜150枚。
・用紙の1枚目に以下の項目を記入してください。
①作品名（ふりがな）／②作家名（ふりがな）／③本名（ふりがな）
④年齢職業／⑤連絡先（郵便番号・住所・電話番号）／⑥メールアドレス／⑦略歴（他紙応募歴等）／⑧サイトURL（なければ省略）
・用紙の2枚目に800字程度のあらすじを付けてください。
・プリントアウトした作品原稿には必ず通し番号を入れ、右上をクリップなどで綴じてください。
・商業誌経験のある方は見本誌をお送りいただけるとわかりやすいです。

注意事項
・お送りいただいた原稿は返却いたしません。あらかじめご了承ください。
・応募方法は必ず印刷されたものをお送りください。
CD-Rなどのデータのみの応募はお断りいたします。
・採用された方のみ担当者よりご連絡いたします。選考経過・審査結果についてのお問い合わせには応じられませんのでご了承ください。

m a r m a l a d e b u n k o

応募先
〒100-0004 東京都千代田区大手町1-5-1 大手町ファーストスクエア イーストタワー19階
株式会社ハーパーコリンズ・ジャパン「マーマレード文庫作品募集」係

ご質問はこちらまで E-Mail / marmalade_label@harpercollins.co.jp

ファンレターの宛先

マーマレード文庫をお買い上げいただきありがとうございます。
この作品を読んでのご意見・ご感想をお聞かせください。

宛先 〒100-0004 東京都千代田区大手町 1-5-1
大手町ファーストスクエア イーストタワー 19 階
株式会社ハーパーコリンズ・ジャパン マーマレード文庫編集部
斉河 燈先生

マーマレード文庫特製壁紙プレゼント!

読者アンケートにお答えいただいた方全員に、表紙イラストの
特製 PC 用・スマートフォン用壁紙をプレゼントします。

詳細はマーマレード文庫サイトをご覧ください!!

公式サイト

@marmaladebunko

twitter も チェック!

マーマレード文庫

年の差旦那様と極秘授かり婚

～イケオジ社長は幼妻と愛娘を過保護に溺愛中～

2023年1月15日　第1刷発行　定価はカバーに表示してあります

著者　斉河 燈　©TOH SAIKAWA 2023
発行人　鈴木幸辰
発行所　株式会社ハーパーコリンズ・ジャパン
東京都千代田区大手町1-5-1
電話　03-6269-2883（営業）
0570-008091（読者サービス係）
印刷・製本　中央精版印刷株式会社

Printed in Japan ©K.K. HarperCollins Japan 2023
ISBN-978-4-596-75956-6

m a r m a l a d e b u n k o